光陰走過的南方

辛金順 著

市長序

盛開鳳凰木上的文學風華

歲月流轉，日月交會，坐看山海萬象，背倚天地群山，如此得天獨厚的天然條件下，臺南文學得以耕植其中，一方面吸收不同背景的精萃人文，同時又廣納多元的獨特觀點與創意，建構出如登百岳之宏觀視野，及萬丈氣魄的風骨精神。當文人提筆劃開天際，小至地方的一草一木，大至島國划向世界的一槳一舟，歷史正依著蜿蜒的河道，在名為「時間」的長河上流淌向前。

文化局按一年一輯所出版的「臺南作家作品集」，一直以來力將作家們筆下如此寫意之風景，編撰成冊付梓成書，體裁多樣既不失對地方文史的關注，亦讓不同語種的書寫聲響，更為臺南打下穩固的基底，帶來幅員廣闊的藝文生態，成為城市的未來願景裡，最不可或缺的一塊。

今年的作品選輯特邀延平詩社暨南瀛詩社社長陳進雄與夫人吳素娥，兩位長期致力於古典詩創作的詩人伉儷精選佳作《儷朋／聆月詩集》；辛金順以流暢雅緻的文風，紀錄府城的閑靜與緩慢步調的散文集《光陰走過的南方》。

楊寶山以「噍吧哖事件」鋪陳所寫之長篇小說《流離人生》，深具生命意涵；有「龍崎草地博士」之稱，臺南鄉土文學的奇人林仙化，長年致力於四句聯的創作，以民間歌謠書寫人生經驗的《好話一牛車——臺灣勸世四句聯》，以及陳榕笙深具在地特色，體現對自然生態關注的少兒文學作品《台南囝仔》。

臺南，擁有底蘊深厚的文化記憶，無論置身於懷舊的街廓巷弄，抑或是漫步在當代建築與歷史古蹟之間，仍處處可見因時代更迭所保留下的深刻軌跡。人文史料是地方發展的源頭，世代傳承的文人作家，因感悟人生而寫下的部部經典，宛如浩瀚無際的星系中，最耀眼的文學星辰。

天地有大美，文人寫作不輟，運筆揮毫對生命之感念，萬物皆有靈，為其採集而盡收筆底。或聽賢者仕紳的巧思妙語，或看文人雅士的意到筆隨，對土地所抱持的那份豐沛情感，凝縮成了書頁中的字字珠玉，如引數道靈光，穿透一座城市的表與裏，而歷代的文學風華，彷彿年年滿溢盛開的鳳凰木花，層層堆疊爾後扶搖而上，飄散出古都的韻味芬芳，甫走過開花結實的十年，如今將又邁入另一個精彩十年。

臺南市　市長

黃偉哲

局長序

南風霽月　筆墨生花

文人聞松風而落筆，夜觀水月成文章，文學書寫宛如征途萬里、攀爬千山百岳，日月積累而形塑出有其山勢、山形之文風，將大處所見的宜人山水，落上紙捲化作繁花；文化，從土地誕生，富含底氣的草根精神，成為孕育作家創作的肥沃養分。自古迄今，口傳與書寫作為一種見證的方法，紀錄並傳播關於這片土地上，隨時間更迭的歷史演進，與細處可見的溫暖人情。

今年出版的「臺南作家作品集」已進入第十一輯，共收錄五部文壇作家們的精心傑作：《儷朋／聆月詩集》為兩位資深古典詩的創作者，延平詩社暨南瀛詩社社長陳進雄，與夫人吳素娥合著的詩集選，以詩文描繪各地的絕美風貌，亦有蘊含對人文土地的雋永情懷；《光陰走過的南方》是出生於馬來西亞的著名詩人、作家辛金順，在進駐「南寧文學・家」時期寫下的著作，文筆如行雲流水，曾經駐足府城的足跡身影躍然紙上，恣意奔馳於文字之間，使人玩味流連。

《流離人生》的作者楊寶山，以地方文史為寫作切角，再將「噍吧哖事件」鋪陳為文學小說，人物對話穿插臺華雙語，敘事分明亦可見其深刻之觀點，留存在人們舊時記憶中，因時空背景下，萌生而出的求生意志，得以藉情節的推進，詮釋出人生的流離感慨。

《好話一牛車——臺灣勸世四句聯》，臺南「龍崎草地博士」林仙化，以象徵臺灣民間文學與口傳瑰寶的四句聯，用勸世歌謠的形式，融入禮俗文化與世間百態，鄉土文學的奇人，不僅致力於推廣母語，更重視倫理教化的面向；《台南囝仔》的作者陳榕笙，長期專注於少兒文學的寫作，將書寫與在地的連結當作為使命，選集中除了體現鄉土情懷與人文素養之外，活用小說創作的想像之力，把自然生態的知識趣味，注入到故事當中，無論逆境或順境，光明的未來依舊在前方靜靜等待。

南風再次吹起，作家文人仰屋著書，採集這座城市的過往今來，以詩文將眼所見、心所想付諸實行，歷經四季洗禮而越發茁壯，十年有成如絕美大闊的山岳景致，因新舊時代的思想碰撞，而抬升出屬於「文學」特有的山脈地勢，夜空下，文字如鑽石般璀璨耀眼，指引愛好之人，穿越重重的雲霧森林，始登上文學之巔，俯瞰古都伴歲月流轉，以時光熬煮出的沈香之味，盡收書冊扉頁之中。

臺南市政府文化局　局長

葉澤山

主編序

老幹茁長盼新枝——臺南作家作品集第十一輯

臺南作家作品集的出版編輯已經行之有年，每年為優秀的臺南文學創作者出版他們心血結晶的佳作，多年下來也因此累積出不少傑出的文學創作，包括詩、散文、小說、劇本、歌謠、文學評論等。這些創作因為要求作者或者生長於臺南，或者就學、工作、就業於臺南，書寫者在字裡行間與情感意識間，自然包涵有各式各樣的臺南在地風土民俗、人情物事與在地故事。筆者這幾年很榮幸都有機會擔任評選工作，也在多年的閱讀中，累積了對臺南越來越深廣的認知，不僅收穫良多，也樂在其中。

本期出版作家作品集共五冊，包含辛金順《光陰走過的南方》、林仙化《好話一牛車——臺灣勸世四句聯》、楊寶山《流離人生》、陳榕笙《台南囝仔》，以及陳進雄、吳素娥合著《儷朋／聆月詩集》（依姓名筆畫序）等。

其中辛金順是畢業於成大中文系，在臺灣取得博士學位的馬來西亞籍留學生。詩和散文過去不論在臺灣或馬來西亞都曾獲獎無數。這部散文集《光陰走過的南方》主要收錄其分別於二〇一九與二〇二〇年七、八月間兩次進駐南寧文學家時所創作的作品。分「巷弄時光」、「古蹟行止」、「味蕾鄉愁」、「一路走過的背影」等四輯，或記錄在府城巷弄遊走的時光，或書寫臺南歷史行跡與變遷，或挖掘舌頭下深層的味覺記憶，包含臺灣與馬來西亞飲食方式的比較等，或寫出其觀察的人情世態、人物行跡。筆觸綿邈舒緩中常帶有蒼涼的深情，擅長在過去之我與現在之我間對詰轉位，以究問時間的意涵，並摘取時光中的記憶零件，重探今昔的接綰路徑，其抒情記事的才情，寫出了府城的慢與閒，更寫活了臺南巷弄的尋常生活，贏得評選委員一致讚賞。

其次，林仙化為出身臺南龍崎的奇人，長年致力於四句聯的創作和發揚，重視母語和倫理教化。不但善於信口捻來，即興創作傳承傳統民間智慧的四句聯，也是在地竹編彩繪能手，有「龍崎草地博士」之稱。四句聯是臺灣民間文學和口語文學的瑰寶，這種出自民間卻又講究對句押韻的文字藝術，對某些人來說或覺過於工整機巧。但好的四句聯要抓住一般大眾的心，卻不僅靠音韻諧洽、對仗和美就可以畢其功；而是在連字綴句間，需能掌握住常民生活的精微奧妙，出人世態倫常的理情縫隙，讓人同意點頭，甚至豎指稱道。林仙化此一輯中字句多半平易簡樸，有的甚至稚拙到讓人笑倒，但正是這些俚俗莞爾處，既具現了最接地氣的人情日常，又隱藏著時代社會的轉變，諸如「有人足愛食重鹹，無鹹桌頂眾人嫌，做人新婦有夠忝，大家大官蜇蜇唸」，就全然在表達遇到難伺候的公婆，當媳婦的非常辛苦的疼惜，與一般認知會強調孝道至上的預期全然不同。其次，書中有不少首寫及軍中生活的細節，如「人在軍中心在家，緊急集合烏白捎，電火轉甲無半葩，鞋仔穿了毋著跤」、「半睡半醒目瞯花，陷眠行路煞飛飛，步銃一時無當揣，外褲無穿戴鋼盔」，傳神演繹軍旅生活，讀來也可謂妙趣橫生。傳統四句聯多為勸世詩文，讀來有時難免帶點封建味道，這本書裡雖然也有這類勸善懲惡的題材，但不少更是對現代科技過度發達的批判，也就是即使傳統仍帶著科學反思的視野。也因此，這是一本既能表現現代思維，又捍衛著傳統老靈魂，值得讚賞的通俗文學創作。

又，楊寶山一直是說故事的能手，長年致力以文學呈現地方文史，尤其多年來書寫不斷的噍吧哖事件相關故事，包括一九九五年由臺南縣立文化中心出版的《我家住在噍吧哖》、二〇一四年由臺南市政府文化局出版的長篇小說《噍吧哖兒女》等，收入本次作家作品集的《流離人生》也是以噍吧哖事件為背景延伸而出的故事。他曾自述自己為「噍吧哖事件」受難者後代，家族中有包括曾祖父及家族祖先共七人因該事件遇害，造成家族姓氏與血統大變異。故鄉人寫故鄉事，在楊寶山身上可以得到相當程度映證。有些歷史雖然不以作者家鄉龜丹為主，但卻因經歷相同的事件影響而會有很能貼印的情感共鳴。這本小說與楊寶山另一短篇〈招羅漢腳仔〉及《噍吧哖兒女》有著同樣背景，甚至〈招羅漢腳仔〉與《流離人生》女主角亦同樣名為「張江氏蕊」。這幾個故事都因為噍吧哖事件死傷慘重，許多男丁被殺，致使鄉里普遍缺乏男丁的勞動人力，粗重的活無人做，因此有了「招羅漢腳仔」的事件為小說重要元素。而本書建立在由此一噍吧哖事件後女主角「招羅漢腳仔」不成後衍生的悲劇。在傳統倫常觀念的束縛，與主角人物性格的固執彆扭下，造成後代對自己血緣的困惑無知。這些讀來極為封建保守的故事聽來似乎難以想像，但距離現今也不過百年，也仍深刻地影響著家族與後代子女。

另外，陳榕笙《台南囝仔》收集陳榕笙多年來書寫的少年、兒童創作小說，與散文專欄文章等兩大類。小說多為過去在「臺南文學獎」、「府城文學獎」、「南瀛文學獎」等得獎作品，散文與專欄文章則多為其在《國語日報》、《中學生報》、《幼獅文藝》、《中華日報》、《聯合報》繽紛版或相關兒童文學雜誌已發表的文章。陳榕笙雖以兒童文學為主，但筆下人物除可見看顧廢棄大樓的警衛、從經營婚紗店到小鎮咖啡館到最後經營檳榔攤的社會「魯蛇」、檳榔攤老闆的兒子等，這些人物的故事場景多發生在海濱荒村，彷彿可以嗅聞到出身佳里的作者自小就是「住海邊的」。海邊長大因此有許多的奇遇和大海訴說的哲理，比如擱淺的鯨魚、黑色有著巨大背鰭的劍旗魚、大海的規矩等。這些作品雖然篇幅有限，卻頗能帶出臺灣西南海濱特有的氛圍，而他們的人生也反映了臺灣社會接近底層人物的市井日常。

其中〈夜奔〉尤其是篇帶有甜美奇幻色彩的少年小說。小說將時空設定在近四百年前的蕭壠半島，西拉雅孩子麻達焦立烈和麻達邦雅一起追逐一隻傳說中山裡的大白鹿神獸，隨後一位從葡萄牙人船艦上下來大員搬貨的非洲黑人巴布，和漢人「三哥」又加入。他們一起追逐大白鹿的行動後來為荷蘭傳教士甘治士所知，建議他們乾脆來場臺灣首次的「國際馬拉松大賽」。四人最後真的合力划著舢板船，在島與島之間前進，傳遞手中聖火和甘治士交待要帶給熱蘭遮城長官的書信。故事最後他們神奇地目睹海水變桑田，馬路、路燈、高樓大廈四處林立於眼前，這帶有未來想像的臺灣現代場景。卻因為腳下沙洲突然劇烈搖晃，聖火掉落海中，傳遞工作並未完成。但小說末尾丟出大白鹿的訊息，要西拉雅人的兩位麻達少年把內海孕育的文化與傳說永遠流傳下去，「就像永遠奔跑的麻達，一路上總會遇到志同道合的好夥伴」。此一內容扣應佳里一帶北頭洋善跑的飛番故事，也是一篇充滿臺灣未來寓意的故事，特別耐人尋味。

最後，本輯收入邀請的資深伉儷詩人陳進雄、吳素娥合著古典詩作《儷朋／聆月詩集》。陳進雄為臺南歷史悠久的延平詩社暨南瀛詩社社長，長期致力於古典詩創作與推廣，對保存臺南古典詩社傳統卓有貢獻。而古典詩壇稱為「素娥姐」的詩人吳素娥，詩作亦不見遜於夫君。此次古典詩合集所收，多兩人攬勝、采風、贈答、題詠等應時感懷之作，包括五律、七律、五絕、七絕，甚至竹枝詞等，為夫妻兩人多年創作的精華。有心人可以細加體會。收錄古典詩人創作也是向過去長期創作的古典詩人們致敬的意味。

古典詩文類目前書寫者少，傳承不易，自然因為時代易換，文體也因之代變。然以今觀古，同樣登樓攬勝，臨風遠望，古人今人同樣能喚起天地悠悠、物我相繫的懷抱，情感的傳達不會因為文體的不同而有差異。對景抒情，文字間又往往能見出詩人的性情特質。對照夫妻兩人詩作，便能發現兩人不論詠史、紀事、即物寫景、即景抒情，均有可以並觀之處。如陳進雄兩首〈蓮花〉：「翠扇紅衣不染塵，亭亭出水態嬌新。相憐盡日知誰是，夢穩鴛鴦葉底親。」及「淤泥不染逞嬌姿，玉立亭亭出水時。我比濂溪痴更甚，幾疑仙女步蓮池」；與吳素娥這首〈白荷花〉：「幽香縷縷影參差，玉蕊水姿映碧池。疑是凌波仙子舞、鴛鴦葉底喜相隨」，兩人寫蓮用詞與意象略近，均清新有味。而陳進雄有〈鹿耳春潮〉：「桃花浪捲海門東，鹿耳沉沙蹟未空。記得英雄鏖戰地，驅荷霸業弔孤忠」；吳素娥也有〈鹿耳觀潮〉：「濤風鹿蕩春風，放棹人來夕昭紅。劫後鯨魂今已杳，臨流憑弔鄭英雄」，可以見到夫妻琴瑟合鳴的精彩。但整體而言，陳進雄詩作較多時事感懷，包括最新的疫情、兩岸關係、民主議題，均嘗試入詩；而吳素娥則相對較多寫夫妻、親子，女性視角。如吳素娥這首〈女騎士〉：「楚楚衣冠看整齊，乘來摩達出香閨。娥眉大有英雄氣，馳遍名山興未低。」一直接將女性騎乘摩托車也可以馳遍名山的不讓鬚眉之氣表達得颯爽帶勁。夫妻的各自性情，從詩的表現上，亦可見出端倪。

這次收入輯中都是耕耘有年，有一定資歷的創作者，在恭喜這些資深創作者的作品出版之餘，也期待未來能看到更多臺南更年輕、傑出，志於創作的在地人才優秀作品陸續出版，讓老幹茁壯、新枝發芽，蔥蘢繁茂，生生不息，不斷豐富臺南文學的園地。

國立成功大學臺灣文學系副教授
廖淑芳

推薦序
背對著我們的容顏

國立中正大學臺文創應所／中文系合聘教授、國際文化創藝整合發展研究中心主任
江寶釵

這本書是金順離開臺南二十年後以學子回頭／重返的書寫，書分為四輯。在這些不同的分輯裡，穿過臺南時間與空間歷史的文字再現，不論是處在行走於各巷弄的當下，還是魂魄遠遊的古蹟憑弔，抑或是小吃短暫的歇停就食，一致向我散發出了一種不斷被聞到的氣味。那些氣味，究竟是什麼？

在被那氣味圍繞、籠罩到幾日之後，我終於想起《追憶似水年華》了，是瑪德蓮的氣味。瑪德蓮，如何帶給普魯斯特（Marcel Proust，1871-1922）整整四頁對舊時的回憶，由是而被稱做「Proust phenomenon」——普魯斯特現象，喻示嗅覺被氣味召喚出記憶的情境：關於一個人的青春年華，人與人照面的來來去去，或者是往

事穿插著的起起落落，像十字編織，極細膩地被編入而又鋪展出來的那些真實發生過的，以及為了將遺忘的間隙彌補的虛假——連自己也被騙了，這芸芸世間的人與我，事與物，與其說是關於時間的哀悼，不如說是對失去的某些時間之挽回。

時間，像是對我們負心的永恆愛人，有對它一心一意的追求，卻不能得到任何應許，而偏偏對於無可應許的事物，我們總有無限想要的挽回。熱切的，徒然的，像是有著風中潮濕的海的鹹味，四處瀰漫。

在金順的這本書中，〈民生路一段一五六巷〉，寫的是那廟口的戲臺、紙燈籠上，風調雨順、國泰民安的情景；還有的是此時此地的蝸牛巷，是巷弄裡囊昔的浮花浪蕊，搖曳而成，左左右右，上上下下，前前後後，走出和走遠的葉石濤，那都是老臺南人被時光間隙所送移的身影。即便已繁華無限的府中街、泮宮石坊，文創進駐旺起來的孔子文化園區商業圈，掀入眼簾，還是樸實了三十年前的兩排莿桐，呈現了時光晃晃悠悠的空渺。而〈半日夏〉一文，卻從成大榕園遊逛到安平，「留下了許多腳印在後，讓人不得不回身去撿拾起來」，多麼生動的路上撿拾，借著超越時空概念的潛意識，經由已逝去的歲月，不時相互參照地交叉重現，使得懷念無限凝聚為難以排遣的淡淡鄉愁。

從金順這些文章裡，讓人想起班雅明筆下那在城市中，逶迤的遊蕩者所看到的櫥窗，不是現代性的販售商品，一如他說：「歲月忽已晚」，許多身影都已走過，卻又背對著今日；但是金順筆墨之下的高明，在於何止是走過而已，更是在車窗外消失，繼續不斷消失，幻化成了白燦燦的陽光，靜靜鋪照在這片大地之上，或者是一群從夢裏飛過的候鳥銜走了悠悠歲月，然後全被壓入於一片透明的玻璃墊下，成為一張張老照片。這樣一段文字，意象生動，寓意深刻，它穿越了實體與虛構，過去與現在，實際上更顯現為一種對人生靜好這樣敘事的小小反諷：而在動靜之中，人事物的灰飛煙滅，或許才是真實的常態。

因此讀金順這本書，書名裡嵌走過的光陰，點選著晨午晚移動著的光陰，使我們自然迴向藍田日暖、美玉生煙的光景，而會誤以為這是一本傷逝之書，歎息著錦瑟無端五十弦，那可就大錯特錯了。旅人的行腳評點了城市巷弄裡的庶民噓息，食客的口腹品嚐出一則一則店家故事，這本書深富田野調查的實在精神，有著地誌學的應用書寫，更寓含了如〈公園裡的暮色〉那樣深入觀察水萍塭公園裡一群老人的活動，敞現老人的種種生命情態，指出老人們的歲暮之景，在老化成全球議題時，它確實更需要關懷，更應該為文學創作者需要關注和書寫的重要主題。

時間果然不可挽，而青春的歌詩真的難以追溯。還是原以為他始終不變維持著走過的姿勢是面對著我們的，讀完才恍然大悟，原來他一直背對著我們，不會給予我們任何人生的答案，以及任何歲月的容顏。

而能將自身的生命以及在一座城市的行止寫到如此，欲辯忘言，連帶的教我對古都臺南肅然起敬。也許就是要有深層的文化積澱，才能與金順如此一位文字書寫者，在光影交錯中成就這樣一本極特殊的城市生命的誌書。

推薦序

去去無聲的青春

國立成功大學中文系名譽教授
陳昌明

辛金順作為臺南市政府文化局邀訪的駐市作家，他在這段時間撰寫的作品，反映了他作為馬來西亞出生，又是曾在臺南、嘉義就學的學子，多重身分視野的結晶。

視野提供了看世界的方式。辛金順成長於馬來西亞多族群文化、語言的環境，經歷過不平等的族群壓抑和政治差異對待的時代，加上之後來臺求學的經驗，造就他沉鬱而敏銳的敘述能力與文筆。他得獎無數，臺灣、新加坡和馬來西亞各大文學獎都留下他首獎優勝的紀錄，他擅長新詩、散文、論述，甚至古典詩，其著作超過二十部，可謂質量俱佳，是臺灣馬華文學的重要作家。

金順長年寫作，也多次回憶臺南生活景物，大學在臺南成功大學就讀的經歷，對他後來的寫作必有一定的影響。此次擔任駐市作家，他更專注在臺南各個過去未曾細品的角落。金順的文筆優美細膩，更重要的是，他在步行臺南巷弄與品嚐美食之際，今昔之感常映現字裡行間，他節制理性的文字，不流露感傷，而動人的情感自在其中。

我忝為金順大學時期的老師，一直知道他有內在沉重動人的主題要去挖掘。此次這本著作，可謂駐市作家的衍生產物，稱不上是代表作。但閱讀他書寫府城，同時回味青春歲月的文章，雖有一種青春去去無聲的感觸，而看著他輕鬆漫步，長年辛苦中較為自在的一面，也讓人非常愉悅。

自序
光陰走過的南方

1

回憶是如此敻遠，渺渺空落的隧道，回探過去，似乎的曾經，卻在意識裡殘留著某些尚未遺忘的情景，像是見證著某種存在。那經歷過的足跡、走過的故事，見過的人、談過的話，愛過恨過、悲過喜過，都蜿蜒成一條漫長的過往，隱藏在記憶深處，有些已經剝落了，有些還在，卻是隱隱約約地等待某次回顧的捕捉，或歷久不再探視而逐漸走向了消散。

在臺南，我的某些記憶依然清晰明亮。

像這裡的陽光常常大好，篩過重重時間的葉隙之間，落在地上，碎金光影，零落明暗，微風吹過，就在那裡靜靜地晃漾。而三十年前，第一次抵達島嶼南方的這座古城，感覺人情純樸，處處都有善於對待的美好，且在臺語和華語混雜的天地，古蹟常見的九〇年代初的民國氛圍裡，光陰緩慢而悠閒地走過這座府城的大街小巷，恬靜、淡泊，悠遠。宛如一首古典詩，在時間之外，也在時間之內，迴映著府城裡人、事、物的種種面貌，日常裡的日常，飲食煙火，進入詞語之中，都可以成為一篇篇生活上的流水文章。

大學四年，其實我的足跡不太遠遊，只常在校園附近和東區繞圈圈，往往都是從光復校區騎著單車到了門口的大學路，然後右轉到勝利路或長榮路吃晚餐，閒餘則沿著青年路騎過了平交道到北門路的南一書局去看書，有時候火車剛好即將經過，警鈴噹噹噹的響起，柵欄緩緩落下，我與一輛輛的機車和汽車一起在柵欄前等待，列車從眼前迅速穿過間，從夜暗幽幽的燈光裡，靜靜目送著車窗上刷過一面面忽忽晃晃的人影，眨眼逝入了寂暗之中，而感覺如光陰般地遠去，去去而無聲。然後柵欄慢慢地升起，機車聲動，車塵也跟著揚起時，世界依舊在那流動中繼續而不停地旋轉。

那時書局裡的一面書牆，就可以讓我佇足良久。彷彿荒荒歲月裡隱藏了一座夢田，讓人自在優游於那些小說、新詩、散文或各種文論的想像之中，而忘乎於時間悄然地走遠。時常有火車從店後面的鐵軌快速駛過，二樓地板稍微轟隆隆震動，初次體驗時頗感驚異，習慣了後就成尋常。有時想，那疾駛而去的火車車廂中，是否會有一個自己認識的人？故人啊，在異鄉總是寥落晨星。我常常一個人騎著單車，在東區兜兜轉轉，生命裡的晨光夜色相互遞換，日子漫長，堆疊累積，卻全化成了臺南記憶裡的一抹痕跡和念想。不論多久，或人走到多遠，都會時不時被拉扯了一下，讓你不得不回過頭來，追憶過去一段段走過的路，遇過和愛過的人，以及喝過的酒。

有時週末，往青年路尋過去，向前推得更遠，越過北門路，經過城隍廟，而抵達民生綠園圓環附近，並從左方小巷穿入，左彎右拐地往南門路的孔廟而去，然後在廟園區內遊逛、看天、看地、看雲起雲落於半日的閒暇，有時候也看遊客三三兩兩或一小隊一小隊地從泮宮石坊處走來，在蒼鬱古樹和紅牆綠瓦間穿梭，拍照閒聊，笑聲隱隱沒入了書院廂房走廊，時間翻捲過去，我常在風吹葉落中看到了人來人去的離散。偶爾大成殿角落廂房有華樂練習，簫笙二胡和琴箏齊鳴，幽幽古韻，也把時流拉到了很遠，很遠很遠，直到我離開為止。

可是大部分時候，我常從圓環繞轉向中正路去，單車騎到了底，就抵達中國城了，那時的中國城仍然留有沒落前的些許熱鬧，戲院商場百貨和冰宮都集中在這商業大樓中，輝煌即將沒落前的餘光，映照出了年輕人在那光影明暗中浮動的不安慾望，壓抑的情緒和疏疏落落的人群，見證著歷史曾經的過往。夜裡從國華街和中正路交叉路口望過去，感覺那棟高樓宛如一頭潛伏在時間深處的巨獸，等待被人剷除。

而那時，我常常在臺南的街市中迷路，單車繞來轉去，總是兜回原來的地方；方向感薄弱，讓我走入臺南的街巷時，宛若處在一個謎晃的迷宮認知裡，往往東西南北不分，一直要等到大學畢業了好多年之後，我重新回臺南住了兩個月，像個土地探測員一樣，循著歷史的足跡，探勘歷史走過的路線，全城慢慢走了個遍，才大致掌握了城巷之間的方位，並且了解到從清領時期設定好了的臺灣府，就已經構定了整座城的街坊路巷位置，即使後來歷經了日治和國民政府的修治與拓展，仍然不離原初建城時的核心，因此只要捉住了從民生綠園圓環為核心所放射出去的七條大路，則市內主要的方向就可以清楚掌握，瞭然在胸了。

我在臺南的大學四年，說是漫長卻又短暫，說是短暫卻也留下了許多足以成為一生回憶裡重要的故事，或被時間掏洗後留下的淡淡夢痕，這些故事和夢痕，串繫成了一個又一個難忘過往的記憶。如與女友走過安平城廓下的頹牆，茶館裡的談笑，窄門裡幽靜的午後咖啡香味和童年趣事，秋茂園中的烤肉，老榕樹下走散的影子，六月鳳凰花燃燒出一片燄紅的天空，東寧路的一街燈光。這些遭遇過的故事，隨著單車輪轉而過，影影綽綽都落成了身後退遠的景色，消逝了，就無法再重來，因此就只能從回憶裡撿拾一二碎片，以作為對時光的悼念。

然而必須在此承認，大學四年，我對臺南的認識純粹是點線上膚淺的感知，或浮光掠影式的體認，學生生活讓我無法更深入地貼入那片土地的歷史、政治和生活情景，也無法解讀古蹟背後時間走過的故事，以及時移事往，滄海桑田間的更遞與變化。因為很早就知道自己只是過客，所以來去匆匆，走過的足跡只能任風吹散。後來到了嘉義，那許多年的偶然南下，也只是在成大附近遊逛，或在一些售有大陸書的書店內周轉，古城赤赤的夏天，蟬嘶如潮的日子，時常在我恍惚中盪漾了過去，然後全都忽忽走成了舊憶。而許多大學時期的感覺也已經不再，所以那時的臺南，遂成了匆匆路過後，一個轉瞬之間易於遺忘的地方。

同樣地，在我的記憶中，大學四年並沒有一篇文章或詩作是書寫臺南的，或許因為身在其中，難免有生活即是文章的意思，所以許多事情需要離開後，產生了時間與空間的距離，才會生出了回憶的情感，由此也才會有懷念和追思的文字，以對過去進行悼念，甚至悼忘。而許多年後，我有時想，如果那時若有一些文字刻錄了大學期間的臺南歲月，那將會是一種怎樣的情懷書寫呢？

而空白終究是空白，忽忽悠悠，歲月無情地抹去了許多故事，並在無數個因緣生滅裡，散成了泡沫。那些年，我就這樣一直行去，卻彷彿知道，總有一天，在人生際會之中，必會有機緣回到臺南來，以更成熟的人世經驗，來書寫下這座古城的生活巷道，故事和歷史，並將過去未曾修完的臺南人文地理課程，繼續地補修下去……

2

因為有了南寧文學家的駐市寫作，二〇一九年七月在我離開了臺南二十年後，終於有機會回到臺南駐住了兩個月。這是一份難得的書寫餽贈，對我，也對臺南。兩個月能寫些什麼？其實我也不知道，計畫書寫只是一個權宜的規劃，真正的寫作則是要從踏上這一片土地後才開始，畢竟所有的書寫不是在遠方，而是在腳下。

回到臺南，我想的是那穿插在大街小巷之間的巷弄人家，燕子來時，尋常百姓生活的空間記憶裡，靜靜曬著百年雲朵來去的曬衣竿，屋旁綠色盆栽和老樹蒼蒼鬱鬱，蜿蜒再蜿蜒，分叉成各條巷弄的種種人生故事，那不就是老臺南人歲月裡日常的美好嗎？恬靜、悠閒、淡定而致遠，巷中或有小廟小肆，卻也是太平盛世裡小小的夢望，風調雨順，出入平安。而大衢車流來去如流水，繁華過渡，都不到深深小巷中來，小巷寧靜地在左右人家屋宇之間，書寫了歲月遞嬗，一代一代的生活情態；而颱風吹過，地震搖過，生生死死都在那些巷弄裡搬演著許多人生劇場，不動聲色地，演繹了老臺南人的生命本色。

我只是擷取了某幾段巷弄作為書寫的路程，以意寫形，以景抒情，以時間的縱深為歷史的想像，以空間繪彩了人文世態的痕跡。每條巷弄都有各自的人生故事和生命景觀，靜靜地橫躺在這座古老的城內，讓日月悄無聲息地走過。而那段日子，我常常在下午夏陽微弱時分，探入那些植有綠意盆景和花草樹木的巷弄之中，以悠閒的步調，彳亍於巷子與巷子的交叉之處，在峰迴路轉間，感受著巷子裡時光處處走過的痕跡，以及古城身世隱匿在巷弄中，最深沉的生活光影。

因此寫〈民生路一段一五六巷〉時，寫的是時光的溫柔和兇猛，建構和毀滅，也於此企圖讓文字更深入地勾勒出巷子中所看不到的人生浮沉和滄桑意境，在那斑駁的牆間，在那廟口的戲臺，在寫著風調雨順、國泰民安的紙燈籠上，在一步一步走遠的風聲裡。是以，浮動在文字與文字之間的光暈，衍異與穿越，企圖去尋找一個空間幻化與人世更遞的出口。在此，巷子與民生，互為依喻，並衍繹了時間與生命的處處迴響。

至於書寫蝸牛巷，自也是在追憶葉石濤的身影，老臺南人的老故事，在那些文字排鋪成的巷弄之間，演義成了一則傳說。而舊日歲月的證詞，其實也是今日光陰的展示，兩相辯答，迴映出了巷弄裡古今的浮花浪蕊，搖曳成了此時此地的景物，人情和想像的掌故。此外，因為這是少年和青年葉石濤的故居所在，也是他日日走過的巷子，或在小說裡曾經鋪展的行跡，是以當我走入這巷弄中時，遂感處處都有著葉老指點的舊夢遺事，在巷子間，或拐彎之處，讓我的想像因此有了可依可據的故事，也讓巷子的行遊，因此豐富了起來。

雖然如今蝸牛巷經過了一番文創設計和修飾之後，逐漸成了遊客最愛打卡的地方之一，尤其走在這巷子中，循著葉老在文字裡留下的身影，一步步地，成了我在臺南殷殷追索的重要文學意象之一。而在那一路走過的時光疊影裡，蝸牛巷的書寫，從某方面而言，其實也是對臺南一名孜孜於臺灣文學創作前輩的一個致敬，也唯有致敬，才能找到一條文學賡續的寫作之心。

此外，寫府中街，是臺南巷弄書寫重要的一環，這一帶隨著文創的進駐，已經成了孔廟文化園區和商業圈的主要場域，與三十年前樸實簡陋地植滿兩排莿桐，每到四月春末，朱紅色的莿桐花燃亮了天空，豔豔然為一街火紅花影，自也可以說是完全不同了。而從泮宮石坊穿過去後，一街的文創商舖林立，吃喝玩樂，不愁找不到有趣的事物可以消遣漫漫時光。只是在此，我的筆尖想探入的是一條遠離商業氣息，而實實在在呈現出老臺南人生活場景的巷弄，然而在這已被文創過度的府中街似乎是很難再找到了。因此只能靜靜折入府前路一段一九六巷中去，沿著幽深曲折的巷子小弄，緩緩搜索巷子內豁然開闊的小小社區，百年老厝改造成的咖啡館，蘋婆樹，鏽蝕斑駁的鐵花窗，廟宇舊社，屋後人家沉沉垂落的石榴，或光影盤踞於一路巷子的花花草草之間，以及那延伸出來的空闊，一一輻輳成了臺南獨有的寧靜日常。或許，臺南人的許多記憶和情感認同，其實就是從這些巷弄開始的。

巷弄是屋宇延伸向外的另一種生活空間，也是身體拓展視域的縱深度，更是生命記憶的重要腳註，因此一如人文地理學家 Malcolm Miles 所指出的，巷道具有聯繫家庭與社會脈絡的地方，它不止於提供一個共同活動的場所，同時也形成了人與人之間的社交與溝通機會。這是老臺南人集中的地方，世代更替，自成生活風景。蜿蜒曲折的巷子，承接了清治的傳說，日治的老房子，以及民國建設的水泥房，光陰盤踞在巷子之中，述說了時代與時代更換的痕跡。因此，大致而言，我的巷弄書寫，不只是寫巷弄，也是寫時間，寫歷史，更是書寫歷史背後世代更替裡所存有的那一份純樸的人情故事，或雞犬相聞，見面總是相互問好的有情世界。

是以，從一系列的「神農街」、「流水觀音巷」、「公園北路三二一巷」等的探入，自清治、日治到民國，走過的巷子，處處蘊寓了歷史與時代的更遷，時間在文字裡張望，巷子人家歷經了世變後的一派淡然，日子繼續，生活繼續，夢想也繼續，在我走過臺南的這些歷史巷弄內裡，彷彿看到時間掏洗過一個世代又一個世代的人，而府城在時光一批批走過的路上，繼續走著。我的文字，在此卻只是一份記錄，在我的位置，在我的情感和視野的書寫上。

總而言之，巷弄是通往府城的一條精神之路，蜿蜒迂迴，自也述說了許多記憶之中和記憶之外的情感故事，並在其交叉和相互連結之間，形構了府城的內在歷史。巷弄內一些老舊的房子，刻錄了各種歲月的聲音，形形色色，抑揚頓挫，展示了這片土地最深沉的內涵與人的存在意義。因而只有貼著土地成長和生活，人們才能從中認知自己居住的地方／歷史，感受歲月的贈饋，由此也才能從地方的認同裡深植下了生命的厚實感。

二〇一九年我走過了臺南許多巷弄，並用腳印一步一步去書寫巷弄的情景，同時也在書寫中，讓我更能深入地感受到了老臺南人的生活情態，以及隱藏在這座城市巷弄裡的人文風景。因此「輯一．巷弄時光」內的五篇文章，正是我通過了巷弄書寫，重新對臺南進行一個重新的認識，進而也追索了對這片土地認同的一份情懷。

3

當然，對一個地方的認同，更深入的，還是必須了解到一個地方的歷史身世。而對臺南，最早的想像，只能從水鹿奔躍過大員遼闊的土地，以及西拉雅族在原野上飲風餐露開始，銜接而下的是，通過了安平古堡內那面斑駁紅磚的荷據遺牆殘蹟，去追索熱蘭遮城湮遠的故事；大航海時期的臺南，紅毛城在安平與赤崁的矗立，紅磚堅固的城牆，註釋了這片土地在荷治之下的歷史事蹟，也是臺灣最早跟西方有著緊密關係的一個在地連接。雖然在四百年後，短期荷治對這片土地的影響並不顯著，卻也為臺南的歷史留下一個巨大想像的空間。

至於明鄭短期的過渡，無論在宗廟、民俗與英雄崇拜等，都處處可以看到當時留下的痕跡：孔廟、天后宮、延平郡王祠，以及鄭成功塑像等，銘刻著鄭成功在臺南歷史地位的重要（而鄭成功的形象，則隨著歷代政治的認同更變，也有所變化）。這些歷史想像和傳說所留下的集體記憶，更是構成了地方認同的主要元素之一。

而清領兩百多年的治理，臺江地理的變化，滄海化為桑田，白雲幻作蒼狗，五條港更埋沒在滾滾的煙塵之中，牛車輪轉過的世界，已經成了湮沒在歷史殘黃卷宗和褪脫黑白光影的舊照片了，十四座城門和四方城牆，毀的毀，棄的棄，拆的拆，除的除，但由四大城門內所形成的街道，及其所連接著的許多直／曲巷弄，大致上仍保留了下來，且大體形成了今日臺南的空間結構。這是我在二〇一九年翻閱了許多資料和「府城今昔」城池圖所了解的。百年歷史忽忽悠悠而過，時間留下了許多過往的空白，因而難免需要一些想像加以補充，才能在一些故事裡，找到曩昔某些久已失落的情懷。

同樣的，日治五十年，不只為這片土地帶來了現代制度和嶄新的建築景觀，也讓市區的改造計畫，將臺南變成一個更具有規劃性的都城。整齊的街道，依附著圓環周邊建設起來的公共行政建築物如臺南州廳、公會所、合同廳舍、武德殿、林百貨等等，展現了一個都會的新面貌。這些建築存留迄今，並被定為重要的歷史建物。另一方面，城內寧靜的舊巷弄與外街商店林立的繁榮，相互組構成了臺南都市的紋理，由此而彰顯出了日治時期新舊並陳的特色。我常走在這些街道，尤其最具歷史性的民權路，想像著從古到今繁華與沒落的故事，在這條街上重複上演，不免心有戚戚。至於國民政府來臺後，市狀街巷網絡並沒有太大變化，黨國體制雖然對日本進行了抵制，企圖橫掃出日本留在臺灣五十年的蹤跡，但實際上仍然還是處處可以見到日本統治過的餘痕。

因此在深入瞭解臺南的政治歷史與四百多年來的變化，大致上也就更能貼近這片土地去書寫一些以前完全不會思索和追尋的文字。這些文章都置放在「輯二・古蹟行止」之中。惟此雖稱為「古蹟行止」，但在古蹟和古蹟行遊間的書寫，卻別有感知與懷抱。如寫〈安平，一些走遠的風聲〉，則是想藉安平的熱蘭遮城和馬六甲的聖保羅城堡及荷蘭廣場進行比較和連結，並經由這兩個同時被荷蘭殖民過的地方，想像在那大航海時代，西方與東方的一個美麗相遇，也寫下了歷史無情退遠後，城牆在時間裡頹毀與淹沒的人世滄桑，這不也就應上了馬克思所說的那句話：

「一切堅固的東西都會煙消雲散」了嗎？

此外，走遊五妃廟園區時，在廟前廟後繞了一圈，以及穿梭於陰涼的老樹之下，想像這裡曾是亂葬崗的魁斗山（鬼子山），想起寧靖王朱術桂的絕命史筆，也想起了五妃做為傳統女性的命運，更洞穿了「從死」而存的五妃廟背後政治符碼與意義，以及殉節之事成了後世各方統治者競相擺在治術神檯上的貢品——忠君與愛國意識的典範。而忠貞情節的碑誌，銘刻的不只是女性卑微的生命地位，而是被矗立為政治教育碑石下，所看不到的重重陰影和哀涼。所以我遊園後所寫的〈遊思．五妃廟〉一文，多少有著翻案的猜測，並企圖勾勒出現實中的五妃，而不是被歷史政治色彩化後的女性；更不是被歷來男性詩人經由父權意識思考下所趨寫的頌詩，一如「不教巾幗愧鬚眉」的五妃形象來。我知道歷史並不會以嘲笑的方式，來看待所有的故事，但在此我卻企圖想在自己的文字裡，進行了一些反思而抒情的論證。

至於〈尋找大西門〉一文，更是我嘗試沿著自己的想像，探尋一座連一磚一瓦都不存留，而又無碑石銘誌的大西門。在清治時期四大城門中，大西門應該是最重要和最熱鬧的城門了，外官從臺江進入府城，都要從大西門而入，所有五條港海運商賈往來，也是以西門為進出，所以城門內外蓋滿商號，人來人往摩肩擦踵，極度繁華。然而這樣的一座城門與城牆，在日治時被拆除得一磚不剩，難免令人難以接受。因此那段日子，我常常騎著單車，沿街搜尋那城牆歷史消失的蹤跡，從地理位置的探索，逐漸掌握了大西門從最初木柵到三合土牆的內移位置，同時也更熟悉臺江古今地勢的遷移狀況，這讓我在一路尋找的過程中，更深刻瞭解到的不只是歷史，而且是地理遷移的臺南。原有海岸已變成了車水馬龍和住宅處處的大罈街市了，白雲躍為蒼狗，滄海化為桑田，由此不得不令人感嘆時間變幻的魔力。是以，〈尋找大西門〉一文寫的是滄桑，是寶化為石，海變為田；寫的是時間的幻化與人在歷史中的渺小。

同樣地，〈燈火熄後又亮起：西市場〉也是因感時間流盪與繁華歸於沒落而寫，畢竟對老一輩的記憶，西市場曾經是臺南人過年過節，婚喪喜慶，民生日常用品的重要集市，然而在我三十年前於此唸大學時，西市場已經頹壞到等著被市政府考慮要不要推倒和剷除的命運了，因此那時我對頹牆壞壁的西市場毫無認識，殊未料到，三十年後它卻被整修而得以重新開張，但時移事往，過去的熱鬧與輝煌也不再了，至多也只是一座古蹟被保留了下來，建築的老舊時間和皺紋歲月已被磨飾修平，而看不到古蹟之於為古蹟的歷史具象之體，雖然如此，它還是被保留了下來，以讓後人緬懷。這是幸，或不幸？

而眾所周知，一座具擁有許多古蹟的城市，必然是具有悠久的歷史，也有著許多黏合著土地的故事和傳說，這更是現代觀光產業重要的資產和收入來源。可是從某方面而言，一些古老頹壞的建築在面對保留與去除，或如何保留的思考，總是充滿著歷史活化與現代資本主義消費生活的衝突。這之間的拿捏，的確非一般平民百姓所能瞭解與關注的課題。只是越是文明的國家，或越現代的城市，對古蹟的保護則是更不遺餘力，因為只有對古蹟的保留，才能顯現出了深埋在城市中歷史的賡續與生命活力來，也更能顯出了那座城市的尊貴。

而我就是通過這些古蹟，一步一步地去認識臺南的歷史身世，感知一座城市背後時間流轉消逝後所留下的重量，那些看見和已經無法看見的歷史流跡，正也在教導我思考生命與存在的內在意義。因此萬物來，萬物去，世事風捲雲散，總是為在世者提供了一個立足的根本，讓人知道存在之於存在的當下時間體驗和追索，並不會完全趨向於終極裡的一片空無。

因此我來，我走過，我追尋，我寫，我存在——在臺南。

4

此外，來臺南最為許多人津津樂道的莫過於臺南的小吃，不論是口耳相傳，媒體報導，或電視美食節目介紹，行腳所到，隨便哪一家，都具有歷史悠久的承傳，有些還具祖輩留下的獨特秘方。即使是一小碗看似不起眼的肉燥飯，或貌若簡單料理的鍋燒意麵和牛肉湯等，隨隨便便，都有幾十年歷史，甚至百年老店的時間味道。一些如度小月擔仔麵、記祿肉包、再發號肉粽、小南米糕，阿川冬瓜茶等等，食物的背後，更是充滿著歷史的傳奇。這些小吃，有的隱身在菜市場內，有的圍繞於老廟宇附近，然而有的隨著拆遷而轉移到人潮市集之處，或老社區內，總之這些沉澱著古早味的小吃，連著這片土地的味蕾記憶和情感味覺，展現了飲食、空間、記憶和情懷的地方認同意識，也鋪展出了臺南的老滋味與老靈魂來。

回憶起大學那四年的時光，我並未對府城美食有過太大的關注，飲食範圍多是集中於大學食堂或周圍附近的小肆口，目的只為飽腹而已，並不渴望於美食的馴養，或貪一時口舌之快，處處搜索小吃的蹤跡。畢竟窮學生一名，能得溫飽就別無所求了。可因為這樣，卻也錯過了許多臺南在地小吃，以及那地方特色的飲食記憶。所以二〇二〇年八月回到臺南，就立意要寫一系列臺南的小吃，以抒情散文的方式（間中也有一些是以詩來處理），挖掘出自己對這些食物的內在感覺結構。

大致上，近些年來書肆上有不少書寫臺南的小吃／美食之書，但許多都流於對食物的敘述，卻不見作者的文字情感與性情；也有少數一、兩位能經由食物去書寫自己的成長記憶和地方情念，然而卻往往不見文學的幽微之處，以及文字翻轉而上的創作意識，或這意識背後的心靈圖像。其實對一名具有自我意識的創作者而言，自會瞭解到所有的書寫當下，都是過去式的記憶經驗，如何以過往的生命經驗轉換成文字上的回憶技藝，或文學的感／知敘述與書寫，則就要考驗著創作者的文字技藝和轉化能力了。

而我在臺南的那一個月多，周假二日，常可在一些著名小吃店如阿明豬心冬粉和邱家米粉小卷等店門外看到一整排長龍，國華街二段和保安街的小吃店，更是人氣蒸騰，遊客絡繹不絕的美食街。此刻，唯一能做的就是避開人潮，不跟那些外來饕餮爭逐美食，因此就只能等到常日人客稀少時，才得以以輕鬆心情，悠哉閒哉地逛到這些小吃店慢慢品嚐，或學府城人一樣，以日常之心去感受那美食味道，而非如外來遊客般的掠／獵食嚐鮮。這樣的飲食心態，還是有所差別的。

此外，食物自有食物的身世，不論在地方或民族誌裡，其所形成的地方味覺記憶和情感，自也構成了身分認同的主要元素。近三十年來，臺灣的飲食散文書寫已蔚為一時風氣，學院裡的研究論文更是卷帙浩繁，不可勝數了。然而我在此並不想將臺南的小吃牽引向味蕾知覺中的飲食文化、傳統習俗或身分認同上去，而只是想簡簡單單寫出當下的滋味，或感懷。至於飲食書寫間的地方歷史則是難以避免，偶會觸及，可是敘述重點還是在於生命情懷的點墨上。我忘了是誰說的，文字本身，實際上是無法深刻去描繪出食物的滋味啊，只有味蕾能，因此，好好地吃，吃在當下的那一份滋味與感覺就是了。

故在「輯三．味蕾鄉愁」裡，共有十四篇書寫臺南小吃的文章。這些散文，有的是通過肉燥意麵而引向了日治時期米街工人飲食情境，以此襯托出肉燥意麵這小吃的顧客對象緣起；有的通過肉粽回憶起小時候母親包裹肉粽的舊情懷，顯現傳統文化保留的重要；或以比較飲食的方式，呈現臺南牛肉湯與馬來西亞牛肉湯的差別，以及地方宗教和習俗對飲食的影響；有的通過小吃如棺材板回憶過往情愛的消失，以及藉著虱目魚丸湯悼念詩人林瑞明老師等等，這些飲食書寫，通過了味覺記憶符號，跟人、事、物形成了一定的連結，由此帶出了個人的生命感懷，展現了一定的文學抒情意義。因此文學飲食家焦桐就曾經說過：「凡品嘗某一古老菜餚，必然會涉及到某段歲月的回憶，或一段令人懷念的歷史痕跡。」因此，在時流事轉，今昔對照之下，從飲食中所產生的憶舊情感，自會躍然紙上。而因個人的異國經驗位置，則在書寫中難免會提供了另一個不同的飲食味覺和視角，使得在書寫臺南小吃時，可以通過兩地飲食的比較，或以彼地的飲食襯托出此地飲食的風味，以及由此處的飲食呈顯出彼處飲食的特殊性，經此而展現出了飲食中別具滋味的兩地美食特色來。

總之，這一輯部的臺南小吃書寫，是以文學的筆調來處理飲食中的美感認知，文字的修辭化，甚至隱喻化，能使此類書寫，不致流於一般美食的介紹，或只在表面上談飲食的材料與味道而已，而是能從中挖掘出某些集體記憶，或一些些感懷。因此從鹹粥、豬心冬粉、度小月擔仔麵、虱目魚丸湯、鱔魚意麵、虱目魚羹、蝦捲、牛肉湯、肉燥飯、赤崁棺材板等等，一串串的串聯成了臺南小吃文學的風采，同時也凸顯了地方小吃的文化傳統，是與在地民生習俗與口味習慣完全脫離不開的。是以，從舌尖味蕾上的各種探索，我逐漸通過了在地食物，一餐一餐地，更深入地去認識這片土地飲食味道，去感受這些小吃所帶來的歡欣與認同。是的，在這裡——在這古老的府城。

5

實際上，我對南方有一種特殊的情感。或者，緣於我也是來自南方，一個靠近赤道線上的南方之半島，陽光常年普照，可以照出黝黑的皮膚，也可以照出亮麗的笑容。所以當來到了島嶼之南時，給我最初的感覺是，這裡的氣候與陽光，都宛若故鄉。大學四年在臺南，碩、博班和教書都在嘉義，近二十年在這座島嶼上，光陰走過，全在島嶼的南方生了根，並化成了無法拔掉的記憶了。是以對南方的風土民俗，生活情態，飲食文化和歷史政治等等，大致上在掌間翻覆，就可略知一二，畢竟南方的生活已成了我生命史中極為重要的一段。雖然這些生活經驗在過去很少訴諸於文字（如嘉義、民雄、大林等），但日子一路走過，總在某一天，機緣俱足時，自然而然地，就會在散文或詩裡開出了文字的花果來。

而在「輯四．一路走過的背影」，則收入了兩篇書寫臺南的作品，如〈半日夏〉，是敘述從成大榕園遊逛到安平，那遊跡是一條回憶之路，若唐詩所云，「卻顧所來徑，蒼蒼橫翠微」那般。而在那一路走過的歲月裡，總是留下了許多腳印在後，讓人不得不回身去撿拾起來，重作整理。至於〈公園裡的暮景〉，則是企圖通過觀察水萍塭公園裡一群老人的活動，以去敞現老人在晚年歲月裡的種種生命情態。而世事滄桑盡，歲月忽已晚，老人們的歲暮之景，無疑是令人關懷的，更應該是文學創作者需要關注和書寫的重要主題。

除此，此輯中也納入了少數幾篇之前寫嘉義、東石和布袋等鄉市的散文，這些穿梭過文字的故事，遊移於寫實與虛構之間，以去呈現出一份自我心靈的圖像，而那是存在本真的話語，以時間為軸心，貫串了生命裡一路又一路走過的風景。至於斷章小品式的〈雜錦〉，則是一些生活路過的某些小片段，或一瞬間的靈光雜思，隨筆記下，輻輳而成了一篇無以名之的篇章，也納入於此，以對過往消失了的時光作一紀念。

這些散文，是我的南方記憶。

其實日子與日子如潮水般遠去後，留下的就是這些文字沙岸了。沙岸不長，卻也見證著我曾經走過的足跡，深深淺淺，一路迤邐而去。或許總有一天，這些文字也會隨風消散，但那是往後的故事了，目前趁著心有餘力時，把這些文字留在這本文集裡，算是一種見證，即見證著我曾經來過，來過南方這片厚實而溫暖的土地。

而來過了，也就無悔了。

6

一直以來，北方在上，南方在下，因此不論是在地理上，或政治經濟上，南方永遠都處在一個被俯視的位置。然而如果跳開政治地理學的視角，或不去討論南方地理具有移向中心的可能問題，純只是回歸到人文世界中來，實際上南方所具有的樸實、蠻荒和神秘感，更是具有一個理想世界的想像，創作的騰躍。而南方的務實不虛，人情誠樸而溫婉，以及農耕踏實的遼闊土地，自也蘊育了一個趨向自然的天地。

似乎然而然的，我在島嶼南方生活了二十多年，即使往後離開了，再回來，仍然感覺像未離開過一般。因此兩年駐住南寧文學家各兩個月，讓我接續了我對臺南的認知情感，也讓我能夠通過文字而更深入地探向了臺南這片土地歷史的深處，且在那荒古莽莽的時間深處，窺見了許多故事的衍／演義，人世輪轉的情態，在這片土地上，一代接一代，代代不息地承傳下去，並展現了一個充滿著無限生命力的煙火人間。

我把我走過的感覺和情懷記下，然後結集成了這本書裡的文字；而在這些文字上，你可以聽到光陰走過的腳步聲，在南方，在這片天空蔚藍遼闊的南方，悠悠然地，走成故事，走成了風景。

——寫於二〇二一年七月四日夜。浮雲居

目錄

第二輯・古蹟行止

第三輯・飲食味蕾

第四輯・一路走過的背影

附錄

第一輯　巷弄時光

碎片：巷弄時光

1 民生路一段一五六巷

午後，時間走在路上／掀開光影，看蝴蝶穿過夏天的薔薇／把寧靜的巷子拉長
拉長成一行詞，進入／另一行詞裡，直到／歲月在窗口揮揮手說，你好／午後

午後，原本是要到民生路一段一五七巷探尋葉石濤故居的，卻不意闖進了對面的一五六巷去。五點零五分的陽光溫煦微微照落，午後時間寂寂流散，在灰板石路上，有隻黑貓悠閒地散步，無聲地轉進了保生大帝的廟宇內。廟前有一座木造戲臺，卻見一老人在戲臺的沙發上睡覺，而他午後闃黑的夢裡，將會夢到一些什麼呢？夢外，卻日光炤炤，此刻天氣並不炎熱，偶爾涼風吹來，讓人感覺一身清爽。

巷口處的開山宮，供奉隋朝的陳稜將軍，據說陳稜曾經攻打流求（臺灣），並

且從開山宮前登陸，而後陳稜舊屬因感念其一生功績，奉為開山聖王，建將軍祠；及至荷蘭時期，移民臺灣的漢人日眾，為保安生，因此迎奉保礁慈濟宮保生大帝來臺，祀於將軍祠。因是明鄭最早建於臺灣的廟宇，故被稱為「開臺首祠」，所以廟宇也被命名為「開山宮」。廟不大，夾在一間販賣黑糖青草茶的鐵皮屋旁，赤柱碧瓦，屋頂上雕有雙龍搶珠，在雲天之下，寂寂守住了四百多年遙遠而殘舊的老時光。

然而更讓我觸目驚奇的是，廟前側有棵枝幹和根鬚虬結蜿曲的老樹，蒼蒼鬱鬱，攀升上去的是翠綠枝葉，茂盛繁榮，且生氣葳然地頂著一片小小的天空，完全不受水泥地和旁邊鐵皮屋雙面夾攻的影響，那旺盛的生命力，張揚了一分令人不得不抬頭仰望的崇高氣勢。因此，小巷口有了這棵百年老樹，也使得巷弄更顯得幽靜古樸起來。

而灰板石路延伸進去，一道矮牆破落地隔於巷旁，上面安插著兩支紙風車，風吹過時無聲輪轉，把微弱的午後陽光灑落在曬衣桿上，衣褲輕輕在風裡晃動，像是百年人家曾經習慣的日常，安穩地將生活靜靜過下去，年年歲歲，世世代代的，在巷弄裡生養成尋常人家。

然而歲月恬恬，依舊兇猛，靜靜地吞噬了牆內的屋瓦，窗櫺和板門，蒼苔攀爬上了矮牆上，生鏽的鐵窗、剝落的牆磚、屋內蔓草叢生，我似乎可以聽到時間穿插在屋樑前後的哀矜，敘述了荒廢屋宇的光陰故事。人去樓空，但那曾經生息的地方，卻仍然透顯著一分人家曾經駐住過的景象，廚房裡殘留的瓦斯爐，客廳老舊的沙發和桌椅，還是那麼很有秩序地擺在應有的位置上，並為這小巷增添了一分古老而蒼涼的歲景。

再往前走去，卻見半空懸著一排小小的紅燈籠，從路旁一棵龍眼樹掛起，一直延入巷弄深處。每個紅燈籠上都寫著「國泰民安，風調雨順」的字樣，禱告著人世昌和的願望，在這小巷漫延開來，並讓時間沉澱成陽光一片亮麗的明澈。而蒼翠的龍眼樹上，卻長著一簇簇青綠色的龍眼，靜靜地躲藏在綠葉叢中，等待著成熟與豐滿日子的到來。

我細數著步伐，一步一步，漫行於小巷之內，感覺時光靜好悠長，沒有生活催促的緊迫，就只緩慢地一步一步，細數時光在巷弄中的走遠。然後，在半途中，就遇上了一個小小的回收場，場間搭著竹棚，並被裝置成一個植栽園地，裡頭有收拾好的瓶瓶罐罐和紙箱，同時卻在那空間，懸掛著各種綠植的盆栽，如合果芋、波士頓蕨、一葉蘭、銀皇后、黃金葛、鐵海棠等，有致地散布一小園，簇簇生姿，綠意盎然。我停下腳步，觀賞著這寧靜的綠色景物，感受巷民在居家旁所植下的草木心意，讓光影在攀棚而上的一叢九重葛間，曬落成點點光斑，印在地面，成了一方閃爍而美麗的圖案。

走到小巷盡頭，卻找不著一五七巷的去向，剛好遇到了一個正在牽車的中年人，點頭微笑間，問起一五七巷的方位，他說單數巷要到對街去，語氣敦厚和緩，然後被風輕輕掃進旁邊木屋的門縫裡去了。我循著來路走回，巷弄仍然寂寂，在明晃晃的日光中，悠然安好。

而如此一個尋常巷陌，卻處處留有歷史的回音，時間走過並殘存著歲月的餘韻。因此，以前在大學時，時常聽臺南的同學說，如果你走過臺南的每條巷弄，每間老屋和磚瓦，都會聽到那隱藏在歲月裡許多古老的記憶和歷史故事的。那時我不太懂，而如今我走過，與時間一樣自在從容，穿過巷弄歷史歲月，同時卻也稍微看懂了巷弄中的另一面風景。

走出了巷弄，是車流喧囂的民生路一段，而開山宮的牌坊矗立路口，卻將兩邊的動靜隔開，彷彿兩面空間，繁華與恬靜，現代和古樸，彼此就在咫尺之間，而形成了兩種型態的生活世界。

當正要跨過馬路之前，我緩緩回頭，卻不意看到五點四十分的暖陽，斜斜照過了巷弄中的板屋平房之上，短短三百公尺的巷弄，就躺在那幽靜的故事裡頭，述說著巷弄裡一些些人世滄桑與世事浮沉，靜靜地，隨著浮光，靜靜流散……

民生路一段一五六巷

2 民生路一段一五七巷

民生路一五七巷，這條巷子在古狗搜尋器裡，幾乎成了蝸牛巷的代名詞（但也有標示為永福路二段八十一巷）。翻查中，總會出現「葉石濤筆下的臺南悠然生活」、「轉角裡的古城風情」、「慢慢走，就會遇到了文學」，或「蝸牛巷裡，簡單就是幸福」等的旅遊心情詞語，敘述旅人足跡所到的一路觀奇與回憶。而旅人們喜歡尋幽探古，尤其對於蝸牛巷，更因為葉石濤故居和葉老曾經在此的生活行跡，以及回憶文字裡的點點滴滴，由此而排鋪成了一條承載著許多文學想像和故事之路。然而作家背後的實際生活，文學的夢想，生死和創傷的情念，其實應該也沒有多少人能夠真實體會和了解吧？

而我們只是從他文章裡幾行摘錄的句子，如在〈往事如雲〉中陳述的：「在蝸牛巷的巷頭買了老屋居住，貪的是這巷路位於府城西門町最繁華的宮古座戲院後頭，是鬧區中幽靜的山谷的關係」，或「漫步走到延平戲院，從巷道拐進來就來到我底舊居。這一帶叫做嶺後街，是地勢較高的地方」，企圖去窺視老作家的居家環境和生活景觀，可是旅人的大部分筆觸，最後也全都落在巷子景觀的空白處，而感受不到文字情感和生命情懷的融入，或至終也只成了表面的圖片、即景描繪和記錄吧了。

所以當我從民生路一段跨進一五七巷口，看到矮屋的黑牆上，以白漆線條繪出蝸牛的形狀，標示蝸牛巷的入口時，突然感覺一種小文創流行的新鮮，卻又溢出了淡淡的觀光和商業氣味。有兩位女孩在牆前拍照留念，一種曾經到此一遊的註記，青春在她們的笑容裡泛開，與夏日暖照，形成了一片亮麗的風景。

午後暖風吹拂，巷子寂靜，老時光只在生鏽的鐵花窗和斑駁牆磚上駐留，而在一些木門上，卻留有宛若舊日歲月的證詞，書寫著一頁時代遞換後風雨的滄桑，這些隱含著時間的種種密碼，只有上一代住在這巷弄裡的居民，才能解讀清楚吧？

經過一家深閉的庭院，卻見一樹九重葛從牆上鬧到牆外來，鮮豔的紅花纍纍，靠著旁邊灰色古舊二樓雅致磚屋，仿似要攀上磚屋的陽臺上去。磚屋深閉，兩個面向巷子的二樓陽臺，以及陽臺下方雕琢精美花紋圖樣的短簷，宣示著這是一處殷實人家，惟樓上鐵欄後的玻璃窗破敗，屋內人應已遷離，而這棟空房子裡曾經演繹的故事，或許會是一部內容豐富的長篇小說？我讓遐思循著想像漫遊，駐足和瞻望良久。

以前在成大時，時常騎著單車經過民生路或永福路，然而卻只徘徊在商店林立的鬧街上，或在繁華的霓虹燈裡尋找五彩繽紛的夢影，卻完全無意於穿入巷子之中，去感受那份蝸牛般慢活的步調，以及日常裡真實的生活情態。當時臺南的同學常說，你走不進巷子裡頭，就無法體會真正的臺南，因為老臺南（人）就生活在巷子裡頭啊。二十二年後回來，日月輪轉，許多景象已被時間轉到了另一個世界去了，但臺南的巷子，卻依舊住著一代一代的老臺南人，一代一代地，靜靜過著樹影落在屋瓦下，幽靜閒好的時光。走不到十步，一個破落的庭院洞開，無遮無掩，以廢墟般的庭園型式，以及木窗下擺設的小桌椅招徠旅人目光，庭院後方小徑接上石階，卻是一家異國情調的土耳其餐廳。一對母女在種了些花草和擺設三兩石凳的野樸庭園拍照留念，風聲走過，帶出了抒情的音樂，輕輕柔柔地從餐廳內傳來。我行經時，瞥了一眼落地玻璃窗後的餐廳，空寂無人，卻很有情調地與庭園的花草映襯出一片恬靜人家的景色。而還沒有整修過之前的巷弄，會是怎樣的情致呢？

我想像許多年前，住在巷內的葉老，在寫作倦累後，總於傍晚時分，常以寫小說的步調，從他那窄窄的二十五號木門冒出，然後踏著夕陽的餘光，有時走向民生路，有時則轉入永福街，或穿進了巷弄與巷弄連接之間，到附近的新美街（米街），一步步，慢慢地把時間走成黃昏景色，走成了一片浮雲過眼的遲暮。而歲月大好，一些回憶卻循著向前行走的步調，不斷回望，看青年和壯年自身後跟來，六月、七月、八月、九月、十月地一起走入前方更深邃的歲月裡頭去，走入府城巷內與巷外早已習慣的生活日常。

然而，若將想像拉到更湮遠的二戰末期，在這嶺後街上，仍然可以看到一個大約二十歲的文青，寫完〈美機敗逃〉的小說後，穿著木屐在寧靜的巷子中溜躂散步，木屐敲著青石板路，篤篤篤的輕輕在巷子內回響，宛若時光的迴廊，回響出一曲青春的頌歌。而由右巷轉出去，就可以走到永福國小南側最熱鬧的末廣町銀座通，文人常常酬酢的地方，看一路火樹銀花燃燒出了南方夜色的喧騰。然而，當巷子的木屐聲跨過了日治時期，跨入光復後的中正路時，卻不意竟深深陷入白色恐怖的死胡同夜色裡，而被逼迫沉寂了下來。

當時間的煙塵滾滾而去後，在六十年後的今天，我卻一步步漫行到了巷中二十五號的門前，想去叩訪那道門板，然而門卻很窄很窄，被左右兩方的小木屋和高牆夾成僅供一人側身而過的故居窄口，難怪購屋初期，會讓葉老的父親產生百年後棺槨無法抬出去的心理恐懼感。此刻鐵門深閉，深閉中也將葉老的故居封鎖起來，讓外面的人完全無法窺見屋內的實況一二。最後卻只能在門前不遠處的埕地，觀賞以立體的繪圖板式，以及擺設了一些故居景物的房型樣貌，老舊的縫紉機、書桌和書等，展現了簡陋、灰暗和家徒四壁的蝸居狀況來。

四十一歲後遷移左營，巷裡的風聲悠然地吹老了回憶，葉老的身影就只能通過那些府城瑣憶裡，時時回返探尋夢裡巷弄間的木屐聲響了。而午後的時光恬靜安好，歲日悠長，如藤蘿那般，攀過了矮牆、屋簷、窗臺，在燕雀安巢一樣的尋常人家門前，隨風晃動，並靜靜落成了光影流散的一巷悠悠……

許多歧出和流走的光陰，從小巷裡流轉出去之後，就不再回來了。一些累積的滄桑，都在老舊的平房板屋上擴大版圖，最後將門窗侵蝕成了斑駁細細的裂痕，見證著人間歲月走過而遲暮的蹤跡。

這時很突然的，故居旁二十七號屋的木門打開，只見一個外傭扶持著一位白髮蒼蒼的老婦人，慢慢地從深暗的屋內走了出來，並緩緩走向了前方的巷子去。我看著那佝僂得很厲害的背影，在攙扶中踏著夕陽斜照的餘暉，在巷子角落緩慢地散著步子，很艱難地一步一步的，一步一步，然後轉了個彎，就寂寂地消逝在巷子的另一頭，不見了。

我從另一方向一路走去，卻發現巷子內的矮牆、窗前、門邊或花草叢中，一路裝置了幾隻木製打造的蝸牛，觸角則以兩支小湯匙撐起，背殼用小鍋蓋作為裝飾，靜靜地蝸伏在巷子的歲月深處，靜靜地，透顯著蝸牛巷的慢活情調和情態吧？可是這樣的文創設置，卻讓原本古樸的巷子，失去了歷史歲月應有的面貌，而成了遊客在ＩＧ打卡的熱門旅遊據點了。因此我想，在物換星移之下，如果葉老從湮遠的六〇年代中再轉返來，應該也認不出這幾條串連的巷子，是他常常穿著木屐散步過的地方吧？

就像許多離家多年後回來的臺南朋友常說的，以前走過的路，多年後回去，都成了既熟悉又陌生的情景，因為時間總是讓一些景觀改變掉，原本以為在記憶中會堅固一輩子的物事，卻在現代資本主義與都市化的發展浪潮下，逐漸地被沖垮掉，更新了。因此一些舊景觀改變後，回去，就再也找不到記憶中過去的自己。

這時抬頭，暮色已沉沉落了下來，我慢慢踅進了永福路八十一巷，木蝸牛仍無處不在地隱藏於巷子角落，偷窺著我走過的跫音。時間悠然，去去無聲，並流淌成了逐漸沉暗的天光，有隻燕子在暮色中飛過平矮的屋頂，叉開如剪的燕尾，划過半空，剪去了一小片風聲，待到我要看個仔細時，燕子與風聲，卻已倏然閃入了茫茫遙遠的天際了。

從永福巷走出來，就看到前面曾是清道署遺址的永福國小，這裡曾經是葉老任教過的學校，也曾是胡適幼年生活過的地方，校內東側新校舍之間，仍留有胡適在民國四十一年回到臺南瞻仰故居時，植下的一棵榕樹，如今榕樹已經六十七歲了，而胡適故居卻因歲月摧殘，已經完全被剷除掉，並成了在那片土地上永遠消失了的遺址。

此刻，日暮夏長，車聲流急。我站在街巷的出口，突然看到街燈照落的地方，我的影子，就掛在一輛街邊販賣手作銅鑼燒的單車上，喔，抹茶紅豆，為巷口的暮暗時光，抹上了一絲溫暖的亮色。於是，走過去，我買了兩個叫阿櫃的紅豆銅鑼燒，然後攜著影子，一步一步，跨過了永福路另一條時間的大河而去。

身後，暮色與燈光卻洶湧地，將我從永福路上走過的身影，靜靜地吞沒……

民生路一段一五六巷

光陰走過的聲音

從開臺首學的孔廟中遊覽出來時，雨絲細細地落下，一個中午沉鬱的空氣裡，突然微微清涼起來。此刻，我冒著細雨，跨步到大門前對面的府中街去，因為來到孔廟文化圈而沒有進入府中街，似乎是有點美中不足的行程。所以，面對著入口那灰樸卻雕工精緻的泮宮石坊，我可以感受到一種歷史時光的召喚，一種歷盡歲月滄桑的華美。而古物仍存，從某方面而言，可由此看出一個地方對歷史文化愛護和用心的最好證明。

突然想起以前在成大唸書時，時常騎著單車經過南門路，看到孔廟的紅牆時，就會同時看到泮宮石坊屹立在府中街的路口，靜靜守著悠悠的歷史時光，也看盡人世遞變的無常。而坊下左右有八隻夾柱小石獅，非常可愛地護著石坊，細數人來人往的跫音，以及禮門路上，人與時間一路走過的斑斑遺跡。只是單車飛快騎過，許多景物，常在瞬眼而過的風中很容易給忽略掉了。

走過去，我突然發現，這府中街，跟我往昔走過的府中街，完全不一樣了。二十多年前，在課餘之暇，我偶爾也會到孔廟閒逛，也常會騎著單車穿過府中街，轉到開山路去，可是那時的府中街，還是一般的街巷，路旁樸素無華地長著一排莿桐花樹，當單車穿過樹影篩落的光影時，總感覺會有星星點點光斑散落在衣上。那時，商店攤口非常疏落，單車的鈴聲擻過，清亮地在夏日的空氣中輕輕迴響浮盪。

然而，二十多年後的再次回來，這條被稱為府城第一條觀光人行步道的府中街，或莿桐花巷，卻也隨著孔廟文化圈在兩千年後的迅速發展，完全改頭換面了。許多文創商家的進駐，讓一條靜態的街巷，由此變得動態起來。因此，古蹟、歷史建築、特色商店、文創景觀和傳統小吃，在這裡，無疑已匯聚成了吸引遊客蜂擁而至，進行漫遊的焦點。因此我眼前的府中街，可以說是更新了我過去二十多年前，對簡陋府中街的老記憶。那宛若黑白照片裡的府中街景象，如今也被我手中數位相機的鏡頭，一一更換成了色彩動人的商業街景觀了。

因為是星期一，又落著細雨，遊人不多。可是一些商店卻已開張。石獅下的冰果店、賣鹹冰棒的小柑仔店、賣日本煎茶、杏仁茶和雞蛋糕的小攤、話不多咖啡店，以及一些文創商品屋等等，都吸引了一些遊客四處張望的目光。然而最能讓父母小孩佇足的，還是在巷口不遠處一個煮椪糖ＤＩＹ現場體驗的攤口。由於時代記憶裡所收存的那一份古早味，所以父母們總也想讓孩子去親自體驗，那時代中逐漸遺忘的一分美好吧？我看到三個小孩，很專注地在瓦斯上，煮著小鐵杓裡的糖漿，老闆在旁邊指導，要輕輕攪拌啊，攪到糖漿變濃稠後慢慢膨起變硬，才可以拉起枝條，但要輕巧喔，不能太用力。小孩們都很聽話，把煮好的灰白色椪糖拉出來，然後在父母的相機鏡頭下，快樂地笑了。

我站在那裡，似乎也感覺到童年的歡樂攀上了心上，嘴角不知不覺也牽起笑紋。那是一份懷舊和天真夢想失落後，重新發現的一分喜悅。因此，如果能用五十元買一份童年的快樂，為什麼不呢？

逛了一小段這裡帶著濃厚商業色彩的商店街，也看了一下左右兩旁某些商店販售的物品，卻突然懷疑，成為觀光街的府中路，到底還剩下了多少的歷史文化情境？當歷史歲月走過的斑跡，已被濃厚的商業氣氛所遮掩時，漫步在此的遊客，是不是也會成為商品文化消費景觀的一部分？但不文創商業化，老街將會因少人履足探訪，最後終將被時光所遺忘和遺棄，甚至拆除。所以這真是保存和發展的兩難啊。

而回頭，從遙遠的時光裡，我依稀，彷彿看到了一幀褪色的老舊照片，裡頭映照著許多挑著木柱的挑夫，疲累地都將木柱挑到了這裡，並將木柱販售給聚集在這裡的木柱商行，啊！那時是三百年前的清代康熙期間，所以大家也因此稱這條街作「杜仔街」啊。三百多年了，一條街巷，曾經有過歲月滄桑走過的老房屋瓦，它沉浸在歷史的回憶中，將會如何告訴後人，歷史到底是什麼？

我靜靜地走向府中街的後尾方向，然而在未到開山路前，又折了回來，之後從曼霓商行旁邊，拐進了一條巷子，那是府前路一段一九六巷，石板路蛇行向前，在巷口處先看到保哥黑輪，然後左前方則可看到府城陶坊。網路上曾將保哥黑輪炒泡麵稱為此間人氣美食，我看著店前排著等待的顧客，心想，不知這些顧客是因為保哥炒的泡麵好吃呢，還是被網路宣傳吸引過來？反正有人氣的店，總會吸引更多的顧客過來吧？走過時，卻見前方陶坊落地玻璃帷幕內，有兩個小孩在玩手拉坏，那寧靜如童話的畫面，讓路過的我，突然想到某年，也曾經與相伴的人，在鶯歌戲捏陶土的過往，而過往卻成了雲煙，被時間的大風一吹，很容易就給吹散了，最後，什麼也沒留下。

然而日子總還是要走下去的，像走在這寧靜的巷子內，所有的喧囂，已全拋在身後了。雨絲早停，巷子內清涼空氣浮動，再往前走去，卻聽到了鼓聲咚咚和鈸聲輕敲，拐個小彎口，豁然就看到了空埕和一座廟。廟名永華宮，廟內正有小法團在為廣澤尊王進行開光啟靈大典，時間剛好落在午時一點，只見主祀者拿著一小面八卦鏡，從廟內走到廟埕間，然後舉向太陽照射之處，並以筆在八卦鏡面上借光，復又踏上廟堂上，再用點過八卦鏡的筆，為一座座小神尊開目。看著熱鬧的我，卻心想，這樣的啟靈民俗信仰，自有其淵遠流長的神聖性宗教意識。因此作筆引勢，開光點眼，挹注了靈氣後，使木雕或石塑的神像，不再是一般尋常的木石之物，而是具有聖性和神體，進而也就可以護佑鄉梓，成為信仰的依憑和力量了。

從廟中資料得知，這座因感念陳永華參軍護引尊王來臺，後被命名為「永華宮」的廟宇，自日治大正十四年（一九二五年）從原址「山仔尾」遷移到孔廟前不遠的巷子內，當時俗稱「柱仔行」的這地方，並由一個私塾改建，因後來主祀的是廣澤尊王，又此宮屬於清代時府城的廟宇六合聯境之一，所以此廟也被稱為

「六合境柱仔行開基廣澤尊王」，久而久之，原為永華宮的廟名，卻漸漸越來越少人知曉了。

看完點睛儀式後，我在廟前的香爐中插了三支香，畢竟入廟燒香，是對神的一種虔敬，同時也是對自己做為俗世之人所應持有的一分敬畏之心。畢竟，敬神如神在，也是人文心理應有的態度。

而人在生命低潮時，有些則會尋求神明的護佑和指示，這過程中，人與神的際遇，以及信仰的支持，無疑會讓一些人因此更具勇氣地去面對未知與未來，以及自己。而命運有時候也需要某些祈禱的過渡，所以當我看到廟埕前方左右，有兩棵掛滿許願牌子的許願樹時，心想，求願和祈福的習俗，總是人心難免，只是苦了這兩棵龍鳳老榕，必須承載人間纍纍願望祝語的掛繫，而會不會因此感到沉累呢？

轉踅到了廟後，可見一貼著廟背的尋常民房，三樓設有陳永華紀念館，並奉祀著一尊陳永華黑臉黑鬚木雕神像，型態淵停岳峙，端莊儒雅，讓人望而生敬。而這被鄭成功譽為「今之臥龍」的諮議參軍，曾議建孔廟，並輔佐鄭經創設制度，組織屯墾，教民曬鹽製糖等等，對臺南可以說是貢獻良多，因此死後被奉祀為神，被膜拜，被敬仰，應該也是臺南人對他的一個永久紀念吧。

但我走進巷子裡來，主要還是在於尋找臺南巷弄中的老時光啊！所以從廟館出來，我繼續沿著前方路巷走去，像個漫遊者，以緩慢的步伐，和四處張望的眼睛，去探尋另一個樸素自然與閒靜無事的巷居歲月。然後，就遇見了一家小小社區內的品蓬咖啡屋了，那原本是居家的百年老木屋，雖經翻修，但仍然保有著古樸的感覺，加上鐵窗懸著小鈴與綠色植栽，以及屋旁守著的一棵蘋婆老樹，倒將咖啡屋與社區環境氣氛襯得寧靜古樸起來，感覺在這裡滿適合當電影場景，可以在此搬演著青春式的愛情故事。

同時發現，蘋婆樹旁站了一個老婦，一直仰頭看著樹冠，我好奇地問她：汝看舍啊？她指了指樹上葉叢中幾粒蘋婆果說：汝看，那就是蘋婆果啊，生料遐媠。我順著她的指示抬頭看，果然在那樹上，藏著五顆爆開皮來的蘋婆果，果粒黑亮，靜靜地在微風中晃動。我見歡喜，不是因為果熟生姿，或因為第一次看到這樣的果類，而是因為感覺到這老樹生養的旺盛，有一種為自己而活得很有生命力的姿態。

老婦說，這品蓬咖啡屋，就是以蘋婆的諧音而取名的。我問老婦，汝佇遮（你住這裡）？她笑了笑說，毋是啦，阮是來夾細囡仔轉厝。我跟她揮揮手說，我是來走走迌迌的。所以也沒想到要進咖啡屋喝杯咖啡，讓時光駐留。但我喜歡這小小社區，有百年老樹，有古舊典雅的咖啡屋，有人情的問暖，即使是萍水而過，也會留下回眸裡一個美麗的小小景觀。

流水時光，時光流水一般地從來不會為任何人而留下。安寧的社區和巷子，卻又讓人恍惚中有了一種太平和盛世天光的感覺，巷子內的老屋彷彿在說著一些有關於時間、歲月、人世、生活和歷史的故事，走過，就可以聽到它們悄悄地敘述，在鐵鏽的窗花之上，在裂隙處處的木門板內，或在傾頹的矮牆間，在老樹蔭影婆娑下，在褪色剝落的欄杆上，似乎都有著無數人生情節在其中流轉。家常故事，也依舊在悠然歲月的遞嬗裡繼續衍長。

當轉入一二二巷時，靜謐的巷子緊鄰人家，轉角的一厝紅磚牆老房，古陋簡樸，牆上圍著鐵絲網，牆下的植栽綠意盎然，芋荷、鹿角蕨、藍鯨花和六月雪等各種草類，離離蔚蔚，蔓生而長。旁邊空間卻拓植成了園藝之地，架起木棚，植養木香，只見嫩枝攀沿而上，纍纍繁茂成一夏的綠霧，養眼清心，又添清幽之景，由此也彰顯了巷內靜態的美學情境。轉頭，卻看到身後一屋人家的後門邊，種了兩株石榴，翠綠枝條，有幾朵小紅花搖曳生姿，但也有一株已經長出了數顆沉沉累累火紅熟滿的石榴來了，襯上後門邊的幾盆養植的芋荷葉，不由讓這小巷也因此而盈然生趣。

而石榴是府城傳統中嫁女必須準備的物品，所以在舊城巷子院落中，一些人家會種著石榴，它不但象徵興旺，也隱藏著女人心裡的故事與秘密——多子多孫的幸福想望。夏天悠緩走過石榴樹下，於是很容易地讓人想起了一首詩：

夢走過寂靜的巷子／光陰，散落一地／卻不著痕跡地走了
石榴依舊懸在風裡／張望，多年離開的身影／而把自己垂成／一首詩
沉沉地壓在／身體內／壓成了，不斷膨脹而火紅的相思

然而，我卻沒有走過去，只遠遠佇足看了一下子，又轉向了另一個偏僻的巷子內，喧囂的塵埃似乎遺忘了這裡，只見腳下紅灰相間的磚板，在這開山路三十五巷

內延伸向前，這是我以前完全不曾來過的地方，就隱藏在巷子與巷子裡面，住在這裡的，頗有結廬人境，靜謐淡遠的情致。

巷裡有幾間灰樸色的水泥房，鐵網窗花如圖案，並插著四、五支紙風車，微風吹過，風車無聲地旋轉，轉出了這巷子中一幅靜美的畫面。我想，如果我是住在這巷子內，會是一種怎麼樣的生活形態呢？恬淡舒坦，致遠寧靜地日日展書閱讀？讀累了就循著巷子內陰涼的樹底下，去看不遠處人車如流與熙來攘往的紅塵世間。靜極思動，動時思靜，一向以來就是我的生命情態；孤獨與喧嘩，雖然是生命的兩面情景，但卻也是可以收攝為一體和諧的心性。然而現實中，我只個旅客，只能在巷子內行遊，或在屋外佇足觀望，和想像巷弄人家的生活情景而已。

這裡的房子，有日治時期建的日式老木房，也有光復後民國建的紅磚鐵窗花屋子，或裝修過的，具有現代感的樓宅，這些房子似乎都佇立成了一座座凝固的時間，並展現出各個時代走過而留下的不同形狀與面貌。而巷中居民在此安穩居住，守住前人的歲月、故事和夢，以及在這靜好的年月裡，各自淡定的作息，其實就是最好的生活情境了。

路過時，看到屋前有兩隻貓在嬉戲，彼此追逐，待到我走近時，也不怕生，繞到我的腳跟前來，仰頭瞄了我一眼，另一隻則跟在後面，搖晃著尾巴，把光影靜靜撒落在地上，我蹲下來要撫摸牠們時，卻見牠們機靈地躲了開去，腳步輕巧無聲，緩緩地走進了一戶人家。時間卻安靜地看著蹲在那裡尷尬的我，安靜地笑了笑。

再走向前去，在三十五巷三十九弄裡，不意看到了一處相當雅致的日式木屋，屋前庭院自然空闊，環境優美、靜謐。園中以石塊、綠草、矮松、石階和木椅等的擺設，展示和氳發出了一種日本禪風的氛圍與感覺。站到門前，才發現牆上掛著木刻「錫鼓」二字。入內，穿過庭園，踏進那枯茶色的木屋內，才知道是座很有日本情調的茶餐廳。與工作人員閒聊，她說原是在巷弄前面經營了六年的順風號（取自原租房臺南順風電扇老闆的起家厝），遷到這裡來，改成「錫鼓」，新店名是出自一個日本樂團專輯名稱 TIM DRUM。而店內榻榻米日式屏風和座位，以及幽幽燈光的照耀，讓人一種感覺，像是誤闖入了大正時代的日本老時光裡。

離開「錫鼓」，卻見時光隱藏在巷弄角落，偷窺著曖曖日光的漫步遊行，在彎曲蜿蜒的小巷中，即景的寧靜就是美好。屋旁的花草樹木扶疏，蔭影處處，或光影游移，都構成了一幅和諧淡定的景色。有時與一、兩個遊客擦肩而過，彼此眼神晃過，隨即有了一種隱然沉默的意會，在漫遊的巷中無聲地盪開……

在這些巷弄內，我總是漫不經心地遊晃，沒有刻意在地圖上尋索路向，只是隨意地讓腳步去探索臺南尋常巷陌的景觀，感受巷裡的日常風貌，觸摸歷史走過的殘存痕跡，一種悠然安適的臺南內在生活風格。

這些如蛛網密布的小巷，都隱藏在繁忙大街之外、城市的最內裡，並以恬適的寧靜存在，安頓了臺南另一種淡定的風情和風格。因此，也沒必要與時間競跑啊！因為即使跑得再快，也跑不過時間的。所以我喜歡慢慢地走，在巷子內，看時間不得不停下腳步來，陪我走一段，並感受巷子裡的風，輕輕拂過花木樹影，拂過身體，拂過歲月的感覺。讓我真正感受到，我此刻，就在臺南。

然後，我突然選擇走向了那有蘋婆樹的地方，心想，應該再回到那品蓬咖啡老屋裡，尋一靠窗角落，讓窗前暖暖陽光明亮灑落在身上，並好好地啜嚐一杯咖啡，感受老時光在屋裡恍惚的晃漾，感受歲月悠悠，從窗前的巷子靜靜，不斷走過……

啊，那多麼像一首詩啊：

似乎記起一些什麼，似乎忘記／馬蹄花雪白地從六月裡探出頭來／張望巷子的世界

尋找夏天掉落在巷子深處的／一枚鳥鳴／或探看，門窗裡的人／在時光裡，影影綽綽

有人走遠了，有人回來／有人在巷口等待／可以一起慢慢變老的歲月／走向前來

前來探問，往事／可以建一棟房子，臨風／靠窗，讓陽光灑下／一地一地，明亮的愛

光陰走過的聲音

走在巷子中，我似乎聽到，一路走過的時光，在我身後的風裡，輕輕，緩緩地誦唱。

神農街・歷史的回眸

如果三百年的歷史在北勢港上突然回眸，它會看到什麼？

啊，它是不是將會看到遊客如潮水，一小波又一小波地湧上了那早期被稱為北勢街，而如今更名為神農街的石板路上？夜暗暗地降下來時，黑暗跟著擦亮了光，點亮了街邊一盞又一盞五顏六色的燈籠，悠悠地把老古街巷照耀得古意起來。遊客在街巷上三三兩兩地遊晃，或每到一處老舊的屋前，有著美麗的鐵窗花、木門與綠色植栽的地方，就忙著以手機彼此拍照，然後很快地被傳貼到臉書或ＩＧ上去，並寫著：我們現在在神農街上了啊。在吃冰霜淇淋呢！或是喝一杯咖啡，或走進一些文創市集，瀏覽各種文創小品，然後進入水晶銀飾串起一腕晃漾的美好時光。那些青春美麗的容顏，在臉書和ＩＧ上，很快地，一晃而過，然後就被其他照片遮蓋掉了。

一條老舊到即將被時光遺棄的老屋和老街巷，卻被文創商業的重新包裝，讓歷史，成了具有另一種生命力的觀光吸引性，讓更多人走過時，不忘在老街重新撿起歷史湮遠走過的足跡，記憶起這裡曾經是兩百多年前，處在舊城門外北勢港和佛頭港之間，商賈腳力，人來人往，貨物搬運的街道；或許還可以在這裡聽到，不遠處的港口，有人高喊：起船了。聲音幽幽，悠悠地穿過歷史朦朧的時光傳來……

那晚，我也成了一名走在神農街上的旅人，與一些遊客，一起探入夜色漸深的神農街上，看燈籠的燈光，把街上的景色，照出一片古典朦朧的幽靜。短短的街巷，老屋排列著百年的歷史，腳下的石板路，卻可以連接到兩百多年前的想像，那留著辮子的清朝時代，有些拉著牛車載貨，有些則在附近淘沙，有些商人穿插其間，有些勞力者赤身呼呼負物往來，或從外地來此販賣用品等，在此匯聚而成了一分市肆的熱鬧和喧嘩。鄰近的草仔寮，小關帝廟前，也有些人靜靜蹲著，看著岸外海水掀起小小的浪，以及粼粼的波光。

而浪光粼粼，都是老舊時光的敘述，述說一個又一個已經煙消雲散的故事。我慢慢晃著，在這街上，每一木門、每一磚瓦、每一天窗、每一樑柱，每一寺廟的廟楹，都以時間最蒼老的聲音在訴說。歷史在這裡凝眸，回望，看過去的潮聲輕輕拍著燈籠撒下溫柔的幽光，散成了一地令人恍惚的光影。

形同巷子的街，不寬，適合閒步漫遊。兩邊老屋在夜色中，雖看得不太清楚，但仍可以感覺到那種歷經歲月沉重累壓的佝僂，老朽的房子明顯曾經過整修，可是陳舊和古老的氛圍，依然散漫在整條街上。一些鐵窗花的圖形精巧，配上斑駁的木門石牆，讓人走過時會忍不住想拍下幾張照留念。而數位相機所攝下的，不只是房子的形態樣貌而已，也是時光走過而留下滄桑的容顏。

經過一家名稱「五條港行號」時，走進去，才知道那是一家創意工作室，一樓販售文創商品，二樓則是做為展場空間。而取名「五條港」，本身就是具有一種歷史追憶符號的指示，讓人看到店名，就會想到這地方附近，是五條港區，那就是新港墘港、佛頭港、南勢港（北勢港）、南河港、安海港等運河及其支流流經的地域，並幾乎全部集中在臺南市的中西區。而神農街就在北勢港的街道上，因此神農街在清朝時是被稱為北勢街，是當時五條港最重要的中心巷道。

我聽到歷史細說的聲音充滿著眷戀，舌尖上不斷吐出一段段殘黃了的老時光，沉沉的夜色卻在窗外靜靜地聆聽，聽那故事如港上流水一般，在屋後潺潺地流過。

然後，我恍惚依稀，聽到歷史對著港口上的人高喊：起船了。而北勢港的霧，卻濃濃地把聲音掩沒。許久許久，當時間的霧散去後，昔日通商水道，卻全已淤積成了陸地，並散布在今日南市中西區的和平街、民權路、民族路和民生路上周圍，因此所謂滄海桑田，莫不如此啊。

此刻夜色更暗了，等到我走出來時，遊人已逐漸稀少。我踏著影子，跨過康樂街，到對面被隔開來的另一段神農街走去。這裡的房子因為沒有文創商品的進駐，所以樸素無華，即使角落間有一棟四周栽養綠植，很有情調的日式木屋，但其他住宅，仍然保持著一般老街房子的樣貌，樸實無華，又沒有任何文創展示，因此吸引不了多少遊客。但因為街景的安靜，倒是讓人走進這裡，更感閒適。

走到底，可見一赤色大門，紅牆碧瓦，高聳向上，並夾雜在兩排老房子底部，近看時才知道是座藥王廟，後來查了資料，知道廟建於康熙二十四年，屬於年月相當悠久的老廟了，早期勞力者在這裡搭寮拜祭，只求身體健康，後來卻也成了當地藥材商人與民眾的信仰中心。而廟內的主祀是神農氏，但也有文獻說是古代名醫扁鵲，反正各有各的說法，然而無論怎樣，祈福，並希望能藥病長壽，應該是共同信仰裡的共同目的吧？

廟前右側，廁於屋與屋間，長有一棵老榕，古樸的樹幹前，置有「榕公公」的牌名，據說與藥王廟同歲，細算也有三百多年樹齡了。而抬頭，又可看到一家樓屋，樓間長著一株非常茂盛濃郁的老榕樹，枝葉纍纍延伸向對面的廟樓，因此夜中乍看，還以為是從廟樓長出來的。其間，突然有隻棲在樹上的夜鳥，不知是不是被風驚動，拍翅，急速地飛走，並很快地消失在蒼冥而茫茫的夜色裡。

而歷史的河流依舊潺潺不絕，無聲地流過了這條街巷上，流過荷蘭人用嘹亮的聲音喚起福爾摩沙的時代，流過明鄭東寧王朝短暫的時代，也流過清朝人走過府城昭昭的時代，更流過日本人統治的時代，流過光復，流過民國，一直流向臺南的未來……而我似乎聽到歷史遙遠的聲音，在這曾經是五條港遺址的中心街道上，拍著不遠處港口輕輕地浪聲喊：起船了……

回來後，我沾著燈下的光亮，靜靜地寫下一首詩，為了曾經走過一段歷史的河道，為了那已經遺失在歷史淤泥的五條港的浪聲，也為了，被人逐漸遺忘的北勢街：

我比夜色遲來一步，看不到
白日天光
擠出古老街道上最後的
一滴汗

時間收藏了空闊，讓出一條
巷子，寫下滄桑
圍成一個夢的柵欄，讓遊客
穿越想像
然後記起昨天遺落在這裡的
一個消失的詞

像明清，燈籠燃放了煙火
百年的跫音

卻把影子拉長，拉到夏季的
井旁，尋找
說書人摘下的那一枚星星

你說在北勢街嗎？我卻聽到
五條港上
有人輕喊：起船了
從遙遠的時間穿透而來，隱隱

穿過夜色——
如流水，慢慢地從街口撤退

退到了藥王廟前，驚起一隻
沉睡的夜鳥

神農街歷史的回眸

拍翅，穿越了夜暗，匆匆地
飛走……

水流觀音

一巷斜陽照古城，風吹蛺蝶逐雲輕。
枋溪舊曲今何在？老厝殘碑寂寂聲。

時間快要忘掉清水寺旁的流水觀音巷了，那些曾經走過被拆除老房子而留下空地的腳步聲，逐漸地走遠。夏日六點的夕陽照落，在這條還剩下一排破陋日式老屋的巷子內，照出了歲月一分巨大的寂寞感。

我不知為什麼會闖進這充滿著寂寞感的巷子內，只是隨意閒走，卻不經意地隨著黃昏的夕照，遇到了這條短巷中一排破陋、蒼老、斑駁，甚至剝落著歲月的兩層樓木造老房。從屋貌外形判斷，房子的身世，至少有百年以上的歷史了。風雨和歲月在此，無聲侵噬著它們的夢、門窗、樓臺和磚牆，並剝露出了它們漸漸頹圮疲憊的樣態。因此，若不加以重建，或整修，以進行歷史空間的再造，則這一排連老屋，勢必將會在未來遭遇到被時光完全吞蝕和拆除的一天。

只如今，佇立在這巷子中，以及老木屋前，除了舉起攝影鏡頭將它保留和存在數位相機記憶體內之外，對於眼前這一連排八間的老舊殘陋木屋，我又能從中讀出了一些什麼訊息？

大部分木屋都緊閉，一連排的井形木條格子窗，在光影斑駁映照下，顯得有說不出的荒涼。夕陽照到樓臺，將一些破落的木欄杆和攀著屋頂而生的藤蔓，也照出了沒落的寂寥。而歲月在此的每一個筆畫，都靜靜在書寫著「滄桑」這兩個字吧？

此刻，我看到門牌五〇號房的大門開著，這是一整排木屋中保留得最完整的一間。屋內有幾個人在談話，我從外探進去，只見裡面擺設著老舊木桌木椅，檯燈、舊熨斗、老收音機和古老放錄影機等等，後來有一阿伯走出來，看到了我在外面探頭探腦的樣子，對我笑了笑說，這裡是清水巷的生活文化工作站，屋裡展覽一些歷史生活文物，可以進來參觀啊。

他說他是這區的里長，偶爾會來看顧一下工作站。只見他實樸得可愛，說著話，滿臉的皺紋也跟著在笑。然後他指著旁邊的老舊電話，說這款要從九個小洞撥出號碼的電話，應該是比他的年紀更老。而他是在民國三十九年出生的。於是我說里長伯，來拍張你撥電話的照片做個紀念吧，他高興地低下頭來撥著電話號碼，還對著電話筒說著日本話もしもし，那憨態，無疑為這房子增添上了一絲溫暖。

房中有樓，爬上木樓梯，到了二樓時，卻只見簡陋的木樓板，很耐踏，樓上有一房，房中擺放了個舊鐘木椅，打開陽臺前木門，夕暉照落，將陰暗的樓間暗影驅散，但卻也同時映照出了光塵紛飛，四處灑落一地的亮斑。而待落到樓下來，問起這一連排老厝會不會被拆掉，里長伯有點無奈地說，這一帶都屬於清水寺的資產，政府要重修相當困難，所以房子破落傾頹，或者未來也有可能全被拆掉吧。話裡似乎有著一種難言的隱意，欲吞欲吐的，左右為難。

他後來帶我到屋前的溝蓋上，指著溝蓋說，這下面溝水以前是枋溪的溪尾流經之處，所以此處溪水也叫山仔尾溝，或溝尾溪。早期寬度是橫到巷子中間，因而當時連排老厝就是建在溪邊。後來河段因開發，而被侷為小溝或封蓋成暗渠，你聽，下面還流著水聲潺潺呢。其實我沒聽到潺潺水聲，只見旁邊貓咪高的矮牆生出的綠植，有兩隻蝴蝶在夕陽中互相追逐，翩翩地，在風裡飛向矮牆的另一面去，消失了。

低下頭來，我又看到一個溝蓋石板，上面刻著「水流觀音」四個字，而且還註明日治初期此處叫清水寺街，後來改成清水町一丁目，以前屬於一個相當熱鬧的地方。里長伯說，早期溪中水清，因此還可以在這裡看到有人搗衣洗刷呢。然而，歲月卻像一把無情的雕刻刀，總將繁華刻成了衰頹，將昌盛雕成了破敗，時間遞嬗，一切，都將隨著日久而逐漸頹圮，最後，也將慢慢地消散。

此時，我卻想像自己如浪遊四方的旅人一般，曾經在某個黃昏裡行經這清水町的溪岸，然後遠遠看著一、兩個婦女在黃昏中的岸邊用木杵搗衣，搗衣聲輕輕傳來，宛如一首詩歌，輕輕而溫柔地，訴說著光陰的老去：

昔日清風町上過，溪間浣月夜黃昏。
而今行旅翻欄盡，只剩南門舊夢痕。

啊，一切的一切，都成了舊日的一抹夢痕，並在時間的水上，無聲，輕輕地漂過。

而夕陽下想像的想像，卻總是那麼地遙遠，遙遠得成了無法企及的遠夢。這時，里長伯卻指著前面說，你看那座廟的前面呢，以前從清朝時不知自哪裡流來了一塊古香木，在那溪岸擱下，後來被村人撿起，雕成了座觀音，並供在清水寺內，因此這巷子也跟著流水而來的觀音香木，被稱做「流水觀音巷」了。

我聽著里長阿伯的話，心裡卻想著，古老的傳說，隨著傳說潺潺而流，實際上卻反而比消失了的枋溪和頹圮老厝更能歷久與傳遠啊。而夕陽的微光，此刻已經照落了淡淡的暮色，因此跟里長伯揮手說再見後，我跨步向前方的寺廟走去。

到廟前，首先映入眼簾的是廟上門楣高懸的「寶筏渡川」匾額，與廟前金色的香爐，兩物一上一下，卻靜靜襯出了寺廟的莊嚴氣象。廟中主要供奉的是木雕的水流觀音與原祀的清水祖師，後殿則祀有地藏王菩薩、註生娘娘和福德正神等。這座具有兩百多年歷史的寺廟，無疑看盡了人事遞換的變遷，同時，也默默護佑著左右居民的安康福壽。

而廟宇的傳說，似乎為它增添了許多神秘的色彩，也讓我的想像，隨著流水觀音的意象，勾連到詩的隱喻，或小說敘事的情節；感覺，那是天祈的一種聖性修辭，無形中也把信仰拉到了庶民需要仰望的高度，為廟前的香爐，添香點火，並使香火長久在此繚繞不絕。

可是，引起我更大興趣是廟前的百年老榕樹，蒼蒼鬱鬱高聳入雲，像是在傍著寺廟的悠悠歲月而立；當走過樹下的人輪迴再輪迴後，它依舊還是在那裡，以風雨為誓，以日月為盟，以天地為彼此相守的庭院，漫漫敘述著人間永不老去的故事。

我在暮色的樹下徘徊了一陣子，一時情思湧動，最後而寫下了這麼一首七絕：

流水觀音傳聖跡，煙繚香鼎送昏晨。
一榕老樹蒼蒼見，已是紅塵七世身。

似乎有情人間，都會有各自的相守。就像老榕樹下的老井守著榕樹，百年榕樹守著清水寺，是以「相守」兩字，成了不需言詮的詞句，無言而有情，有情而忘情，默默中自然而然含蘊著深深的情份啊。因此，風月無邊，卻也無關風月，只是一份緣。這一如寶筏渡川，此岸就是彼岸，彼情就是此情，人間回眸之處，處處都是渡者與被渡者的相互依存啊。

從清水寺的右側走向開山路時，我看著路上車來車往，紅綠燈的轉換間，突然感覺，紅塵中的熙熙攘攘，都在暮色的幻化裡，成了一個謎，謎中有成住壞空的幻象，也有時間流水潺潺不絕的水聲。而涉水行過的人，最後是不是也會成了流水，流向遠方的同時，也跟著在遠方消逝？

此刻，我在謎中，謎也在謎中，只有清水寺的觀音，低眉，無聲，輕輕地笑。

水流觀音

三二一藝術巷・時間記憶

在臺南，我常想，最安適的住所，應該是怎麼樣的呢？像曾經在公視電視劇裡看過的，日本木造式房屋，屋外庭院可以種花種草，或有棵老榕樹可以納涼，外牆木門邊，夏日的軟枝黃蟬快樂地盛放出了一朵朵黃花，耀眼地在陽光下灑落晃動的光影；或把枝葉攀上矮牆，蒼蒼鬱鬱開出了一大片蔭涼。巷子寂靜，偶爾有貓在路邊追逐蝴蝶，有腳踏車緩慢地騎過去，偶爾有風，偶爾有雨，偶爾鄰家小孩背著書包正放學回來，經過他們家院中石塊砌成的小道，並讓影子緊緊地跟在身後，怕一走快閃失，就會跟丟了。

屋後從小栽下的扶桑花在綠葉中開著紅花，花芯從花瓣中穿出，靜靜垂釣著微風走過的聲音。我常常想著啊，這應該是我理想中的臺南住家，可以在四季流轉裡安頓生命的躁動和困頓，也可以安靜地在窗桌前翻讀一本書，書讀累了，抬眼望出去，庭院青草細細，在細細的小雨中，光潤晃晃。我想，這樣的居家環境，在臺南，會有嗎？

某日，騎著單車隨意閒逛，不意卻闖進了公園北路的三二一巷，見到路邊有「藝術聚落」的指示，於是好奇騎了進去，穿過了巷內的幾棟住宅樓房，大約兩百公尺左右，就看到了一個小型停車場和綠草地，往前，跨過矮欄，發現裡面竟有另一個幽美靜好的天地，像是隱藏在鬧市中一座小小的世外桃源。花草扶疏之中，只見幾排日式木屋列於巷內，在五點多陰鬱欲雨不雨的天氣裡，閉著門，安靜得彷彿都在沉睡。無人的巷子乾淨清亮，與屋前矮牆和木欄門，以及攀上牆上綠意盎然的爬山虎相互襯映，顯得巷子更形清幽恬適。

從掛在牆上的說明牌子上，才知道這裡曾經是屬於臺南市市定古蹟「原日軍步兵第二聯隊官舍群」，是一座日治時建的眷村，怪不得日式房子顯得簡淨雅致，卻又別有韻味。寬敞的庭院，種了些花草樹木，鳥聲啁啾地從樹間墜落，如田園曲一般，讓人走在巷中，感覺心裡一片澄淨透徹。

因為已是五點多，所以我想藝術聚落中入駐的文創產業工作人員和藝術家應該都回去了？所有牆內的木屋都關閉著門，然而卻有一些房子庭院雜草叢生，不見修剪，路邊的文創裝飾，也看似久未顧用，有種被遺棄的感覺。後來用手機上網查了一下，才知道從二〇一三年底入駐的各個文創藝術團隊，因在二〇一八年底約滿撤出，空擱了七個月，所以這裡才顯得無人照顧和有種廢棄了的感覺。

但我還是喜歡這裡的環境，房子和夏天裡微風吹過這裡的感覺，那像是我以前在大學時所寫的一首歌詞那樣：

「軟枝黃蟬啊，把夏天唱得燦亮／把綠葉下的蔭影唱得清涼／

把這片土地唱成了故鄉

我們把巷子拉長／長到家的走廊／那裡有風吹過／吹到了夢的南方

我們都擁有愛的故事／三個夏天，又三個夏天／在這裡，說也說不完」

三個夏天過去了，然後三個夏天又過去，藝文團隊全都搬走。三三一巷的眷村，也正等待著市文化局重新整修，以便修復後能重新出發，並再展現新的藝術聚落和營運模式。因此現在這些眷屋仍然空置，以致於草長樹雜，人跡稀少。但其中右側兩間，還是被照顧得相當乾淨，據知臺南知名畫家郭柏川故居也在此，只因眷區即將整建，所以也早已遷離，只剩緊閉的房子寂寂面對著一園花草，一片寂寞的天地。

而我在大學時期，就非常欣賞畫家的油畫作品了，像他畫的赤崁樓、一九四九年的臺南街景，或孔廟大成殿和石榴等，構圖自然，色彩飽滿，畫中線條的律動非常打動人心，尤其是他擅於將中國傳統繪畫、書法和西方現代技巧融合，由此展現了他個人獨特的畫風，也令人看了印象深刻。二十多年了，我仍記得第一次看到郭柏川油畫作品時的驚喜，就像看到這巷子中的花草樹木與房子，有一種能安定心情的感覺。

此刻，我突然看到牆邊伸到電線旁的樹枝上，有一隻松鼠輕快地躍向枝椏，很快就跑進樹葉叢中去，不見蹤影了。只見樹葉與陰鬱的雲天，靜靜地罩著這一片小小的天地。

巷子看似短小，但歲月在此卻是悠長，光陰的故事，在每一扇緊閉門窗的屋內，正述說著各自已經消散了的人事、物影和生活情節，說著塵埃落地後的寂然與空無。而夢曾經來過，然後又離開了，一切都成了消失的蹤跡，只能讓人在看不見的現象裡，進行無盡的想像。

巷旁一些長凳、輪架、木攤子、盆栽、鐵椅等，靜靜地被置於屋牆外，無所作用。但從這些擺設物中，可以循此想像到尚未封園前的巷子，有著怎樣一種文創和藝術活動的熱鬧。我慢慢閒逛著，走到巷子中段，卻看到有一屋門前，從屋內攀牆而出的軟枝黃蟬，枝葉茂盛地攀到牆外來，並開出了許多黃色燦亮的花朵。紅色鐵門虛掩，我輕輕推開門，探頭進去，卻見屋前樹木葳鬱，種著的莿桐開出了火紅的花，門窗緊閉，庭院右側小棚，堆聚了一些儲存物，以及滿地落葉。看似空置一小段時間了，因此顯得幽靜荒寂。

轉過頭來，繼續向前走去，走到巷子盡頭，卻看到了右方房子已傾頹大半，灰色的牆面雨跡斑斑，而庭院卻堆著壘壘的日式灰色厚瓦，空闊的環境，蒼灰的地面，很是荒涼。這些上世紀五〇年到九〇年代期間，曾經被南二中和成大借用為教師宿舍的眷房，有一半因傾圮而被拆除了。據說李昇擔任南二中校長時四年住在這裡的房子，就是其中已被拆除的一間，那也是童年李安的故居，如今應早已成一片荒草之地了。

因此想起湯顯祖的代表作《牡丹亭》所唱的戲詞：「原來姹紫嫣紅開遍，似這般都付與斷井頹垣，良辰美景奈何天，賞心樂事誰家院？」對照著眼前斑駁和即將倒塌的老木屋，心中不免也有一絲戚戚之感。一切堅固的，也都會有煙消雲散的一天啊。人間萬事萬物，任誰也鬥不過時間的。

我似乎看到時間就坐在那頹圮的屋樑上，看著人世，輕蔑地笑。

側過另一面向，卻見攀牆九重葛下的紅磚牆面，掛著早前入駐的藝術團隊，如：「交換記憶（鐵花窗）」、「聚作」、「版條線，花園」、「萬屋砌室」等九家名稱牌子。如今這些牌子還在，但文藝團隊卻已離開了。盛有時，衰有時，建造有時，拆毀有時，聚散也有時，這原是世間存在的普遍現象啊，因此走過這些牌子前時，走過那些曾經入駐過藝團的老木屋，走向熱鬧後回歸寂靜的巷子另一尾端時，我的心只在微微一恍間，又回復了平靜。

萬事萬物也只是過渡，渡過了，又將會是另一個不同的風景。當我從前面的巷子再轉到另一巷子時，轉彎處，只見一參天老榕樹挺立在巷旁的牆內，根鬚虬曲蒼蒼緊抓土地，壯碩的樹幹卻拔高而上，並氣勢昂然地在半空開出了茂密的綠葉。我的數位相機鏡頭框架不住整株老榕完整的面貌，最後只能拍下它部分的姿態而已，反而是那空闊庭院中兩間併鄰的檜木老屋，典雅潔淨，讓人感覺出四周一分閒適安詳的住宅氣氛。啊，這就是我理想中臺南的住宅風格，素雅、閒淡、幽靜、空闊，以及安寧。在這裡，可以怡養情性，也可以安放心靈，讓四季順序流轉，讓生活在這裡找到了夢的方向，或就像屋旁的老榕樹一樣，在這裡天天成長、碩壯和老去。

其實啊，只要有愛的地方，就可以是故鄉了。

我走過那巷子，發現屋前屋後的庭院和後院，都種了幾棵樹，涼蔭清澈，鳥聲幽幽，偶爾有蟬聲響起，嘶叫聲把八月的空氣叫得更為晃盪。木屋緊掩，如老僧禪定，或沉睡，只讓時間在圍欄矮牆前徘徊不去。於是我坐了下來，在靠著紅磚牆的鐵椅上，看一樹老榕淡定地在夏日微風裡，輕輕晃著垂下的長鬚，那裡有童年可以攀著根鬚搖盪，搖向蟬叫的聲音之上，直到——

細雨無聲落下，催促著我不得不起身，趕忙跑向停放單車的地方，而讓時光繼續留在身後的眷區裡，在老木屋旁，聽時光自己說著故事：從前從前……

從前從前，時代成了一根笛，吹著／夢的流浪／到這裡，種下家，十根筆畫／背負著愛，和幸福

當日本步兵收起了往事，放下一座／島，鳥鳴／憂傷，從受創的抒情詩裡，飛著／離開

老師們於是有了一扇／可以看雲的窗／和對談的月光，為所有往事／叩門，取暖

而歷史啊歷史，梳過木屋的記憶／梳出老去的身體／梳出水聲，流到很遠／很遠，彷彿聽到，時光說：／啊，從前從前……

從前從前，都已成了過去。隔了兩天後，我卻在新聞中讀到臺南市政府終於爭取到中央文化部文資局的修護補助七千多萬，加上自籌款的一億兩千萬左右，分四年時間包工辦理，並將在年底開始啟動整修工作的訊息。因此，站在歷史的木屋頂上眺望未來，未來，必然將會是另一個充滿想像，以及起飛的方向。

然後，我突然想起，時光的故事還沒講完，那時被雨淋濕的腳步聲，穿過老木屋與老木屋之間的巷子，在時間裡無聲回響，像夢，又像霧，跑過去了，成了無聲的歷史，成了一路的記憶。

三二一藝術村

第二輯　古蹟行止

尋找大西門

1

滄海桑田，是歷史瞬眼間的事，因此東海揚塵，西門傾圮與消失，卻讓人難免會想起馬克思所講的，一切堅固的東西都會煙消雲散。因此在時間的大潮裡，有些被淹沒的東西，在潮退後，或許會冒現出來，重新被找到和發現；有些，則從此就永遠消失了。

而在臺南，每個角落都是歷史，每個巷弄都有它們各自的身世，每間廟宇都是庶間民心所寄託的神聖之處，每座城門也存在著守護和遼望的姿態，因此走入這片土地，自也就不得不對這座古城的歷史縱深度感到好奇。然而走進裡面，到底能走到多遠；所聽到歷史迴廊間的腳步聲，有多清晰？所看到的，又隱藏了些什麼而無法被看見？看不見的，就永遠不曾存在？

尤其在這Google時代，手機打開，手指一點一彈，天涯景觀、古蹟影像和歷史資料都可盡入眼簾，成為一種冷風景、冷影像和冷知識。所以沒有用身體行動走入和親自經歷與感受的地方，都只是虛擬和空洞的認知，因為那認知裡頭，缺少了生命的溫度。只有用手去觸摸過的，才能感知冷暖粗細；用眼睛探索到的，才能體會地景四周的氛圍；用耳朵聽到的，才能理解地方耆老故事裡的歲月滄桑。所以在臺南，只有住下來，慢慢走，慢慢看，慢慢感受，慢慢地體會，才能以一種「進入」和「浸入」的存在狀態，與這座古城共同呼吸，共同生活，共同成為歷史的一部分。

但這算是瞭解臺南了嗎？

走在臺南夏日的街巷中，巡著古蹟和寺廟觀覽，以及從網路搜索出來的百年老店名氣小吃，歡暢地讓各種美味刷過味蕾，可是我知道，我對臺南的認知還是很膚淺。即使大學時曾經在臺南生活過四年，離開後，仍偶爾會回來，或帶大陸學者巡遊臺南古蹟等，可是我對臺南，依舊是處在淺碟式的「知道」層面意識上，仍然對許多角落、生活、習俗、文化和信仰等完全陌生。尤其是——

啊，尤其是看不見的歷史，在時間裡翻逝的人，以及永遠消失了的古蹟。看不見的，並不表示它／他們不曾存在過，只是在遺忘裡被繼續地遺忘，或在現象世界中，不再實體存在而已，如府城大西門，以及大北門。

特別是作為清朝雍乾時期建築起來的府城四大城門之一，也是唯一通向海航水道的大西門，在時間的侵蝕與吞噬，以及政權代換後都市化的更新與發展輾壓下，最後消失得連一塊磚都不曾留下，而只能成了史書裡的一個名詞罷了。歷史在這裡找不到城牆存在的實體證據，而只成了時間幻化後的一片空白。

於是循著歷史文獻所鋪成的道路，我一路探向了兩百多年前的歷史場景，想像自己是跟著幾個從廈門到府城赴任的外官，一起渡過了鹿耳門到臺江內海，然後趁風勢大好，船行穩快地終於抵達了南河港的鎮渡頭，上港後，尾隨著這些官員，一步步登上岸邊石階，就看到了接官亭石坊左右的鐘樓和鼓樓，此刻，地方官員已經在列隊迓迎了，一看到外官上來，即刻鐘鼓齊鳴，相互揖手寒暄幾句，就入風神廟官廳拜祭風神，然後才穿過大西門，進到公館休息。那時的大西門，已經歷過了木柵的修製而改成了石磚建築，面朝內海，守護潮聲，因此在進入門前，我抬頭，看到了城牆上高懸著乾隆手書的大大的匾額「鎮海樓」三個字。

而五條港就散落在附近不遠，從大西門上，可以眺望到內海間舟行往來不絕，而街巷裡商賈雲聚，店家排列，牛車則載貨咯咯於北勢街上，顯現出了熱鬧中存有著一分安定的氛圍與感覺。

惟自乾隆五十三年（一七八八年），因「林爽文事件」爆發，清朝政府始知木柵和竹城實是受不住外來攻擊，因此事件結束後，城門也改成了三合土製，並從原有位址（現在的西羅殿），退後遷移至四百公尺左右，到今日西門路和民權路口交叉成十字的地帶。那時的海岸線就近在眼前，所以當時討海和淘沙的閩人，只要蹲在草仔寮（今延平大廈旁的沙淘宮）前面，就能看到不遠處內海的波浪晃動，也可以看到對岸的熱蘭遮城。

但隨著時代的遞變，臺灣被割讓，日本統治臺南並引進了西方都市發展計畫，因此城牆就成了都市發展的障礙，而且在現代化的進程中，它的守衛和防禦，也失去功能和意義。尤其臺江內海因長久泥沙淤積和「填海為宅」，已成一片陸地，五條港亦跟著消失，大西門的防海作用全無，且處在日治時期末廣町銀座通繁華地帶附近，因此也就難逃被完全拆除，甚至「毀屍滅跡」的結果了。

歷史的敘述充滿了滄桑，從文字裡可以聽到一次又一次的嘆息，而且還似乎可以聽到它的無聲吶喊：幻滅啊。一個時代跨過了另一個時代，水流不息地，流走了許多東西，並流向了永遠消失和幻滅的道途。

我曾經想像，自己就站在大西門夕陽漸落的高牆上，近眺鹿耳門、大員和臺江內海的舢舨小船往來；遠眺外海船隻在夕照中，緩緩地航過，海風微暖，吹散了天上橘紅的雲霞，也吹開了波光粼粼的晚照。五條港仍然繁榮，北勢街依舊人聲喧嘩，海岸邊，有大輪牛車吃力地，正從淺灘處將卸下的貨物運載上岸。那時是同治年間，也可能是後來的光緒年間，海線在前，府城在後，城廓人家的炊煙已緩緩升起，鷲嶺間天壇的鐘聲卻在此刻，突然悠悠響起……

在清悠的鐘聲裡，我的心中不禁有股浪潮掀起，而不由自己地吟哦了起來，最後在黃昏夕照中的城廓上，留下了一首短短的詩：

遠眺雲天闊，歸潮捲日痕。
千帆忽過眼，夕照大西門。

2

大西門已不存在了。

但我仍然想實地去探尋它的遺址所在。像企圖從歷史的迷宮裡去探索消失了的迷宮一樣，知道終究是枉然的事，然而只有親自走入現場，我才能讓想像有一個落實的地點。

於是從南寧街的文學家住宿出發，騎著單車右轉到西門路二段，路上車輛絡繹不絕，單車與路邊的摩托車爭道，經過了堂皇現代樓廈的新光三越新天地和大億麗緻酒店，再往前，則經過小西門遺址時，我卻想起以前常在成大光復校區走路上課，常會從遠處看到早已遷移到校園邊的小西門門牆，那麼寂寞地屹立在遠離於歷史位置之上，靜靜地看光復校區內的學生來來往往。單車一路向前，而那二十年前的讀書情境，也在我眼前一一隨風翻逝向後，很快地，全被風吹走。

從阿堂鹹粥前的小圓環，轉到了府前路二段，一路一路街景晃過，兩排商店和高樓在明亮的陽光下，被照耀得更加明亮。我知道，從這裡的第一個小巷，可通往保安路，路邊都擺賣著老店老味道的小吃，如醇涎坊的鍋燒意麵、阿鳳虱目魚焿、木西米糕，還有時常看到店前遊客大排長龍的阿明豬心冬粉。至於前面左側就是國華街，可通往與友愛街交叉路口的熱鬧商圈。然而在這樣一個如蛛網張結的西區繁華熱鬧場域，應該沒有多少遊客會想到，在兩百多年前，海岸線和波浪的粼光就在眼前，而一些港道，也在他們腳下吧？

時間的流水潺潺而流，港道的河水也在兩百年前於他們的腳下無聲流淌過去，歷史時常嘲笑了許多無知的人，而無知的人卻往往都很幸福的。想著想著，單車卻一路輕快騎過了幾個紅綠燈，騎過了海安路，也騎過了郡西路，一直遇到了康樂街，右轉並接連穿越了中正路和民生路的兩個路口，然後在康樂街上，我看到了陽光慢慢轉弱下來，此刻已是午時六點，但夏日日長，天光尚亮，暮色還需要好一陣子才會降臨。

我把單車停在路邊，詢問了過路的一個中年婦女，西羅殿在哪裡呢？她指了指，前面就是了啊，看到牌樓，不到五十公尺，有座廟宇就是了。果然，依指示，往前不遠就見到牌樓和廟宇。廟前有棵老榕，根層盤結，枝幹縱橫交錯，可遮陽納涼。廟中主祀廣澤尊王，移建於此應有兩百多年。而此處正是木柵城時期的大西門遺址所在，現在只有爐中香火裊裊不絕，述說三百年歷史的如煙吹散。

我進廟燒了三支香，只為了悼祭過去所有的消失。這裡離明鄭時期自臺江內海登陸的大井頭不遠，且在南河港邊，後來在雍正元年（一七二三年）最初建造的大西門（木柵城），此處遂成了由海方上岸者入城的唯一通道。三百年前站在這裡，可以看到小船正輕盪入港，前面的接官亭牌坊下，正有幾個地方官員列隊，等著接迎聖旨和外官的蒞臨，鐘樓和鼓樓佇立兩側，等待被敲擊出風聲的獵獵；接官亭對面的風神廟，則是一棟四進的建築，從大門進去，就是官廳，然後是風神殿，最後乃是大士殿。南河港河道和安瀾橋就在右側面，流水日月，日月的流水把這裡慢慢沖刷得面目全非。而三百年的歷史，也只是蜃嘘樓閣，一轉頭，就只剩下了石牌坊，移來送往的，讓時代在更遞中變得更加幻化。

拍了幾張照，光影收藏了影像背後的許多故事，但有些，我仍然無法解讀，因此只能留下一片空白。唯歷史卻在石牌坊柱銘刻的聯字上一直攀繞不去，我借著夕陽照落的餘暉，去辨識那兩百多年前府城知府蔣元樞所寫的對聯，最後抄下了上聯：「疊嶂重洋鞏內外千年鎖鑰，揆文奮武壯東南半壁金湯」，和下聯：「萬年聖烈奠南天牛女躔分舜野，一路福星迎北極風雲會際堯衢」來，同時也不覺為那千年萬年的時間套詞啞然失笑，因為不到三百年，政權就已更遞多次，地貌和景致，也全然非昔了。似乎，只有消失才是永恆。

這裡不若附近的神農街，沒有幾個遊客會踅到這地方來，只有一些信徒會到西羅殿祈福，卻不會知道那裡就是大西門（木柵城）的遺址所在，更不會燒完香後，來到廟前面看看幾塊豎立的大石坊，是以此處顯得有點冷清，只有一個中年婦女繞著接官亭石坊前的空地做運動，時間無聲流淌而去，暮色也漸漸沉暗下來，我離開時，那婦女仍然在那裡繞著圈圈轉，把周圍人家的燈火，也圈轉得亮了起來。

3

我終於在確定了又確定之下，來到西門路二段、民權路二段和宮後街的交叉路口之處，那裡就是從西羅殿原址的木柵城，因林爽文之役後，於乾隆四年（一七八九年）內移四百公尺左右所建造的磚土城砦大西門遺址？

我曾經從《圖像府城》的老舊黑白照片裡，看過昔日大西門的城貌，淵嶽挺峙，氣勢恢弘地矗立西面，旁側有一條馬道，以便交通。然而如今目觸的，卻是紅綠燈前車來車往，機車競道的一片十字路口。根據資料顯示，這一地帶舊稱「大西門腳」，處於包公廟牌樓和長崎蛋糕店前。而舊城門在此，曾經守著府城兩百多年的海濤波光，並迎送了無數渡海而來赴任的清朝官員，以及出入城門之下的民眾。這也讓人聯想起了連橫經過小城門時，因景抒情的一首口占詩，描繪了十九世紀末這座城門外的安逸情景：海風吹拂中，漁人坐在夕陽下結網，而不遠處的鄉老們，卻興高采烈地正在迎香慶祝豐年呢。同時斜暉夕照，硓𥑮石砌成的城垣，卻被照出了一牆赤紅的澤光，也亮紅了暮色中一片輝煌的燈火。城樓下許多點心攤販聚集，販賣著米糕、擔仔麵、肉圓、虱目魚羹和鱔魚麵等等……然而現在——

現在城牆早就因傾頹而被拆除，城門也在明治四十年（一九〇七年）為了洞開道路，建設學校與商館，以及發展西門町完全被拆掉，臺江內海和五條港更早已因泥沙淤積和填土為宅而成了一片陸地，因而歷史舊貌隨著海岸線的消失，逐漸在此幻化成了新市區，大西門遂成了歷史中的一個文字符號，或歷史文獻上已被忽略的名詞。在這裡，不若大東門和大南門，仍有城門可悼，牆磚可記，碑銘可知的歷史追懷；在這裡，連塊磚和碑文的銘記都沒有，只是空白，只是虛幻，只是車如流水，絡繹不絕地來去。

或許，只有在遊走府城老街古蹟時，導覽者從宮後街穿出來，到了這十字交會的路口，會不經意地指著那紅綠燈前面的空地說：哪，這裡以前就是面對臺江內海，守護了府城北面的大西門，或叫鎮海門啊。可是巡遊人的目光隨著指示看過去，只見車流不絕的十字路口，而不覺發楞，腦中更難想像出曾經有這麼一座古老城門，就曾矗立在那紅綠燈前。歷史在此，也不由無聲地嘆下了一口氣。

我站在暮色裡的包公廟牌樓下良久，看著車子如流，看著路上燈火璀璨，看著蜃海如幻的歷史場景在光影中顯現和消失，看著許多人走來，然後一一走過去了。最後，我看著自己推著單車，在已經暗下來的夜色裡，慢慢地離開……

4

歷史飄忽，晃眼來去。我突然想起中學時的一位老師所說過的一句話：眼前即過去。時間如流，我其實是不斷在走過眼前的自己。

而循著文獻上所提供的路線和地點，我走進了尋找府城大西門的小小旅程，並在它消失了的遺址上，探聽了歷史無言的沉默。建築城門的知府蔣元樞早已被請進風神廟裡祭奉著，但大西門卻已經「屍骨無存」了，甚至，啊甚至連一磚半瓦都沒有留下。

回到桌燈之下，想起了西門和民權路的交會處，想起了府城曾經有過的大西門古老城牆，以及現今那紅綠燈前，十字路口上人車繁忙的現代世界情境，想起遺址處竟無一碑銘記，而終於寫下了這麼一首詩：

西瞻鎮海舊城門，
悵對車流輾路痕。

（三百年前的潮聲啊，都被鎮壓在
柏油路下了
船遠去的水痕，哭著
被十字路口的車聲，急急捲走）

昔日驚濤侵港岸，
今時高築壓牆垣。

（什麼也沒剩下了，硓砧石
背負消失，把
掛在胸前的一片海，放逐到
比夢更遠
更遠的，遠方）

蝨噓幽草潮生夢，
人逐頹波史不言。

（歷史喊了一遍又一遍，從西羅殿
到民權和西門
交叉路口，碑石仍然
找不到
自己，和自己的影子）

朝市爾今都改盡，
惟留野雀噪空原。

（都消失了，只有一隻夏日的蟬
留下蛻化後的空殼

空空地，擁抱了

三百年來啊，歷史的寂寞）

這麼的一首詩，就當著是一種對消失了的城門之悼記吧！雖然這樣的悼記方式，其實也是虛幻的。

尋找大西門

思遊・五妃廟

1

國家與政治，永遠都是男人的世界，女人只是這世界裡的陪襯品，在太平盛世時，是一朵嬌媚的花，只被裁剪成後宮庭院裡一片華麗的風景；在亂世時，卻成了男人失敗後引刀揮淚下的陪葬品。

所以在古老的王朝裡，很多女性是活在空白的處境，沒有聲音，沒有姿態、沒有故事，甚至，沒有名姓。她們是為男人而活的，是為生殖下一代而存在的，是歷史之外的雲煙過眼，是男性史官筆下永遠不會記起的幾個文字和筆畫。

即使有，在「紅顏」的筆劃下，流出來的卻是「禍水」的形容詞，妺喜、妲己、褒姒、驪姬、息嬀等等，已鋪成了一列「禍國殃民」的歷史櫥窗，讓她們在男性的慾望凝視下，成了一種迷魅中的警惕，並在男性說書人的口中，流傳成了狐精（是動物，不是人）轉世的妖靈，蠱惑人心，擾亂紅塵，且揹負著國破家亡的重擔，隱遁入歷史陰暗的小小角落。

而歷史無情，卻成了史官筆下的選擇題，在許多肉身成為塵土，許多物事成為灰燼之後，才汩汩出了一條列一條列的史書。史官的意識中都埋伏著一把大刀，凡是不符道德倫理的，刪；不忠不孝的，刪；忤逆皇權的，刪，底層庶民的，刪；女性的，刪……然後，偶爾還需要修正一點，掩飾一點，粉抹一點，讓它成了政治牌坊的指示標用，成了道德教化，或成為讓人膜拜的信仰和寺廟。

我不知道歷史有時會不會坐下來，臨水鑒照一下自己，然後露出了一絲自我嘲笑的笑容？但不管怎麼樣，我都喜歡聽歷史說的故事，故事裡的世事流轉，光影綽綽，都是人與人在時間裡踏出來的，最真實與最虛幻的聲音。

2

在成大的四年大學生活期間，我的記憶告訴我，我並未曾踏進過位於舊時魁斗山的五妃廟。對於這座歷史古蹟，似乎無法引起我太大興趣，或許……啊，或許它就坐落在昔日一片墳場的魁斗山上吧？加上廟即墳塚，墳塚即廟的錯誤想像，而讓我在潛意識裡，有意無意地避開這座大家都認為是陰廟的古蹟。

直到某次在一個國際學術研討會中，應邀講評一位臺南學者所提有關於五妃廟詠詩的論文，發現自清代以來的詠詩者不少，而且各詩人都以各自的時代、身分、地位與歷史位置，依據官方文獻（臺灣方志）所形構的人物歷史形象，對五妃的忠貞殉國給予了讚頌、惋嘆、哀憐、敬仰等等情感投射和抒情展示。歷來的方志、碑銘、傳文、詩作和口傳敘事，無疑壘疊成了特定的歷史集體記憶，鞏固了民眾對五妃的形象認知。因此，也讓我對五妃的史故，以及五妃廟感到好奇起來。

五妃是誰呢？她們是怎樣的身世？為何會投環自盡？是自願或非自願？

在眾多的方志中，似乎康熙年間江日昇所寫的《臺灣外紀》在情節和細節上最為詳細了：

其元配羅氏早逝，惟有侍姬袁氏、蔡氏、荷姑、梅姊、秀姑五人而已。術桂諭五人，聽其自擇配。袁氏、蔡氏同請曰：「妾等侍殿下有年，殿下既毅然盡忠，妾雖婦人，頗知大義，亦願盡節，相隨殿下；豈易念失志乎？」荷姑、梅姊、秀姑亦不肯再事他人。術桂奇之曰：「汝等莫非矯言，作一時之雅觀？」五姬齊聲曰：「殿下如不信，願先死殿下前，九泉相待。」桂大喜，即各制新衣以候。十一早，見馮錫圭等齎降表出鹿耳門，即對五姬曰：「是死日矣！」備棺六，各沐浴更衣，設席環座歡飲。飲畢，五姬即向桂叩首曰：「妾等先死以候殿下！」起而自縊。桂各為放下收殮，虛一棺以自待。

文中展現了在鄭克塽請降之日，朱術桂與五妃的對話，宛若史官所見，不論是朱術桂想要遣走她們，讓她們另嫁，惟她們卻大義地想盡節以追隨朱術桂；因此朱術桂「奇之」，還是五妃意志堅定地說出願殉身以從君而死，朱術桂則「大喜」，史書中這些言談和情緒表現，可以說幾近於史遷之筆，也竭盡故事想像之所能了。

可是在這些文字背後的真實歷史，到底是怎麼樣？五妃的自經是自願的嗎？或只是成了一個末代皇族在孤島上流亡後的陪葬品？每每讀到這裡，我的腦海中就會浮出了崇禎末世，在景山上吊自盡前，一一向女眷揮刀的畫面；不然就是在臨難之時，哀矜地對周皇后說：大勢已去，你身為母儀天下之人，應該選擇光彩節烈而死；甚至傳旨給懿太后和嬪妃們，命她們自縊，以免壞了皇祖爺的國體；對十六歲長平公主的戳殺，連菩薩都低下了眉頭來，不忍目睹。因此刀聲過處，或尺帛盡頭，都是一聲聲歷史放聲痛哭，杜鵑飲恨啼血的故事啊。

而五妃的自經，也宛若杜鵑啼血，以死亡為絕筆書寫下的一頁史書。然而史書卻放大了忠義、懿德，和貞烈的操守與茂行，凸顯出閨閣英魂的風儀，無疑可以說是為了達至道德教化的功能與目的。這是掌權者希望民眾讀到和聽到的教材，不管政權遞換多少次，忠義的情操依舊是最能深入和影響民心的，所以五妃的凜然殉身故事，以及五妃廟的存在，是極其必要啊。

翻開一頁頁文獻和方志，我如此想著。

故此五妃的從死，閨閣的節烈，幾乎成了詩人們競相吟詠的詩情想像，如乾隆期間被派到府城的巡臺御史張嵋，就稱頌五妃的殉節，堪比田橫五百門客隨主殉身一樣地壯烈：「雲寒孤島魂相聚，直抵田橫五百人」。而清代章甫在詠〈五妃廟〉時，也決然認為五妃的忠貞無人可比：「奇節直符天地數，幽貞誰比帝王家」。至於清末民初的許南英，卻以一闕詞〈祝英臺〉一面讚仰五妃的殉節從君，一面卻別有懷抱地寫下：「徘徊斷碣殘碑，貞妃小傳。也羞殺，新朝群彥！」的諷辭，以諷刺臺灣割據後一群投向日本政權懷抱的新貴。因此殉節的故事，成了詩人們想像中的另一層想像，在比興的詩學技藝裡，寄託了各自的情感認知與生命理念。

因此，我總是想去窺探歷史背後的故事和詩人詩作內隱的修辭設置，那由書寫留下的沉默罅隙，或空白之處，卻有著許多無聲的言說。時間走過的地方，有時充滿著虛幻，軌跡和鬼跡，往往都在迷惑人眼，卻又那麼真實地存在。

尤其是已經被結構化了的史故，成了時間裡固定的碑石，又有碑文的銘刻，總是無法動搖與抹去。而且故事也早已經深刻在許多人的心裡，成了流動的傳說，幾代流衍，已成砌在城牆上集體記憶的咾咕石了。

我翻開歷史方志和前人的詩作，復又闔上歷史方志和詩作。憶及以前曾經在夜間到民族路吃小吃時，遊巡過大天后宮，後來知道那是明鄭東寧時期寧靖王府的遺址所在，五妃就是在那府內懸樑自經的，那時就曾想，殉國是她們所自願的嗎？因此夙夜寫下了一首五律做為紀錄，註記一段歷史，也註記了自己的一個小小感想：

讀史頌忠貞，鵑啼血染城。國亡家破日，媵妾死吞聲。

殉節東寧晚，辭風西向行。魁山遺塚在，日日記清明。

多年後的一次回望，突然想，再次回到臺南時，我應該要好好去五妃廟遊覽，走走看看的同時，也去祭拜祭拜她們魂魄吧。

3

午時四點五十分的陽光照落廟階上，濺出一片明亮。兩旁的紅牆卻沉靜地展開如雙臂，把廟園擁抱成了一個幽靜的天地。拾階而上的影子，緊隨身後，一步步踏進了這座充滿著許多傳說，以及詩作頌揚的廟墳。

廟前庭院清幽，只見幾棵日本羅漢松排著板路而種，不遠處有一叢黃竹，抬眼再望過去，可以看到周圍種著樹蘭、美人樹、鳳凰木、小葉欖仁、苦楝、龍眼和臺灣欒樹等等，一園綠意盎然，夏日蟬聲嘶嘶，像是要把這裡的一片幽靜，唱成綠色晃晃的波浪，不斷拍向四方。

走了約五十公尺，就看到了小巧精緻的廟宇，大門敞開，因此只見左右門牆上有兩個宮女，衣著彩繪，手捧壺、桃和石榴；向內的門板上卻繪著兩個奉著鼎爐和牡丹的太監做門神，這是其他廟宇所未見的。入內，卻見一幅對聯：「王盡丹心妃盡節，地留青塚史留芳」，歌頌朱術桂與五妃的忠義本色，看資料是昭和二年許廷光寫的。而左右廂房則節錄清末才子唐景崧的詩，前面兩句：「秀姑合伴王袁死，兩婢荷梅死更奇」無疑凸顯了王袁二氏的妾位身分，而秀姑、梅姐和荷姐均屬於婢女的地位。惟五人合葬後統稱五妃，從某方面而言，可能是為了稱呼上的方便，此外也基於三位侍姬在節烈上與二妾等同，因此死後敬其尊貴，而等列為妃吧？

當我繞行到正殿後面，卻見祠廟的牆上，嵌了一塊墓碑。上面刻著「寧靖王從死五妃墓」，同時也彷彿聽到了「王死則從死耳」，或「王生俱生，王死既死」的迴音如此激烈地從三百三十六年前的時間迴廊裡，從牆壁內、從墓碑上傳來，激烈得一如廟外蟬鳴，撕心裂肺地呼吶，但那是我誤聽到的史書文字敘述呢，或真的是出自於節烈者之口？（是二妾所發，還是五人共發？或一人代表？或……）我帶著重重疑問的心，對著這五位只有姓無名，或只有名無姓而被拱在廟堂的五尊五妃神像，做了深深的一鞠躬。

不管歷史是怎樣書寫，此處已是天荒地老的歸宿之園了。三百多年，幾經蔓草荒煙，風雨吹打，也受過眾多詩人作詩賦頌，又經過幾次重修，以及無數遊客的參觀，五妃的真實身分與詳細生平，完全一片空白，但卻成了某種意義上的象徵，讓大家只記得她們的節烈和忠貞，這樣，就已經夠了。

我沉默地走出廟堂，沿著石板路轉向廟的後面，從鐵欄外觀看與廟背貼合在一起的塋墓，因為很早就知道這是一座陰廟，所以倒也不覺驚奇。廟後卻一片幽靜，草木碧綠，老樹處處，濃蔭散布，尤其幾棵老榕和老金龜樹，枝幹扭曲，樹瘤張結，有幾棵還需要粗繩撐持，以免大風雨吹打而來的斷折，由此顯見樹齡都應該在百年以上。

折著原路回去，卻見廟右側有一小祠，夾於兩棵漂亮的金龜樹之間，乃兩位從寧靖王而死，無名無姓侍宦的埋骨之處，因此被尊稱為義靈祠，但歷史似乎也記不起他們的容貌和身世，只是寂寂地面對著那滿園老樹和一片悠悠的歲月。

在繞完廟宇，走過一棵開著亮紅花朵的鳳凰木之下，經過了一塊幾乎難以辨認字跡的五妃之碑時，一看碑字署名，竟是大正十三年（一九二四年）擔任臺南州知事的喜多孝治。碑上所撰，大致是在陳述建自乾隆時期的五妃廟，到大正年間業已成為荒煙蔓草之地了，後因知事夫人偶訪，見廟宇破敗，又感念五妃的忠貞，所以倡議重建，因此才有五妃廟後來的規模。文末也銘刻了喜多孝治的四言詩，讚揚五妃「娣姒貞潔，節操無匹」，惟可惜的是「一朝國難，皆殉王室」，所以修葺其廟，以使其名遠傳。

碑字以中文銘撰，明顯的，是寫給漢人看，所以整修五妃廟，是否具有政治教化的目的？我不知道啊，但一園此起彼落啁啾不停的鳥聲，卻彷彿為我心中升起的一絲絲疑問，給出了答案。

五點零五分時，廟宇的園工說要閉園了。夏日的陽光仍然亮麗，把樹影和人影照成了一片氤氳，一、兩個遊客離開後，電動鐵柵緩緩關上。我回頭觀望，只見一園子古木清幽，一片寂寥，仿似那座廟園早已隔絕在塵世之外了。

後來因感，而寫下了一首〈詠五妃廟〉的律詩：

碑字依稀認舊朝，五妃魂逝去難招。
堪憐墳塚埋貞節，隔代詩書付短蕭。
遺廟滿園花樹老，蒼苔一夢水雲銷。
遊人散後斜陽裡，鳥雀啁啾說寂寥。

似乎是一分悼祭，也似乎是一種悃然，歷史和命運有時還是讓人觸摸不著，細看不透啊。至於女性的際遇，在未來的道路上，應該會越走下去越好了吧？

身後，一園鳥雀的啁啾聲依舊清亮地，鳴叫不已。

思遊五妃廟

安平，一些走遠的風聲

1

來到安平，總讓我想起馬六甲。

在那十五世紀大航海時代，歐洲的船隊開始如鯨鯢衝破了千波萬浪，橫跨了大西洋、印度洋，越過了馬六甲海峽，直上南中國海，到了臺灣和日本等國，貿易風帶出了一片遼闊的海圖，讓西方探索的眼睛開始發現了東方神秘世界的故事。那海潮和風浪捲起的狂飆，幾乎吞沒了整個東方世界的傳統，使得東方世界的故事被擴展成了另一個不一樣的世界版圖。

所以當馬六甲王朝在公元一五一一年被葡萄牙的艦隊沖刷過海岸，並被砲彈轟炸出了一個歷史的大缺口時，末代蘇丹攜家帶眷往南逃亡而去，流落到南方之南的一座民丹島（Bentan island）上，百年王朝遂亡於海上雄獅的吞噬之口，同時馬六甲也成了開啟一條東方香料航道最早的駐站。聖地亞哥城堡、聖保羅教堂也開始在馬六甲小山上建築起來，這幾座以一塊塊石頭建築起來的葡萄牙殖民史詩，佇立在馬六甲的山上，如垂天之雲，俯視著那片古老的土地和海岸，並在城堡上面，豎起了西方的第一面旗幟，在西南季候風中狂狂然地招展。

而那時的安平，卻還沒有歷史和文字的記載，只能憑藉想像，想像在那天荒地野，水鹿奔躍；黑水亂濤，倭寇橫行的地方，是怎麼樣的一個廣漠天地；想像那被稱為大員的島土之上，有西拉雅族的社群聚落散布在四周，他們以獵鹿耕地維生，是如何追逐著日昇日落過活。那時，葡萄牙人還未出現，還未看到海洋婆娑的美麗之島，而不由自主地高喊出福爾摩沙這名稱來；荷蘭人也尚未到來，歷史正以最原始的面貌，呈現出了安平的一片荒蕪。天地在此交際，水氣澎湃，只有簡陋草寮間的一排排骷髏懸在寮亭上，有時被風吹得輕輕晃動，或彼此互相磕出喀喀喀的聲音來。

那是個不記年歲，交易以結繩方式做記錄的年代。聚落中常以苦草釀酒，竹筒盛飯，聞樂而舞，長歌不輟的年代。那是個鹿蹄千百，在平原草叢中奔若雨聲過境，野地蔓草正等待開拓，而文字尚未踏入大員，歷史仍被放在風中歌唱的年代啊。

直到萬曆三十一年（一六〇三年），陳第因追隨沈有容將軍追擊海寇而渡海到了臺灣，並且隨著深入島嶼，以更確實的筆調，記錄下了眼中所見的〈東番記〉，自此大員以上的島嶼，以及一直以來沒有曆歲書契的西拉雅族之日與月，遂有了歷史文字黎明的天光。而彼時，馬六甲已被葡萄牙殖民近於百年，聖地亞哥堅固的城堡，也開始在風雨中露出滄桑的痕跡了。

不久，荷蘭的海上艦隊卻悄悄地穿過時間大霧，航向了遙遠的東方。當一六一九年荷蘭攻下了印尼爪哇島上的雅加達，改名為巴達維亞後，荷蘭東印度公司開始於巴達維亞做為據點，展開了擴大遠東海上版圖和殖民的計畫。一六二四年，荷蘭人從澎湖撤退下來，如西方之鯨，侵占了當時衰敝明朝王權所不管的「大員」，並在此建起了第一座歐式城寨「奧倫治城」（Orange），並於一六二七年改名為「熱蘭遮城」（Zeelandia），以及在臺江內海對岸，大動磚土，興建起「普羅民遮城」來，所有荷蘭官員都住在這兩個「王城」內，與城外居民形成了兩個不同的世界。

熱蘭遮市鎮也開始開發了幾條街，如南邊的新街、寬街、北街和窄街等，臺灣的第一街在此延伸，形成了井字形狀，護著千家萬戶和各國住民，並在此寫下了一頁具有國際化特色的城市史。

在另一個東西季候風交會的地方，一六四一年的砲聲卻驚破了馬六甲聖地亞哥城堡的夜夢，進而將統治馬六甲一百三十年的葡萄牙從馬六甲海峽趕出去，結束了葡萄牙語穿行於馬來街道的故事，並開始了另一段一百八十三年以荷蘭語寫成殖民史的章節，也建起了一座面對著馬六甲河的荷蘭總督府（紅屋）。這座府邸，可以說是已成了這段歷史的重要註腳。

這期間，大員和馬六甲海岸都可見到各國船舶雲聚，通商海岸流運著各種香料、絲綢、茶葉、香菸、糖、瓷器、香水、鴉片等貿易品，且隨著季候風北下和南上，航經馬六甲海峽，浪濤響徹舷邊，晝夜流轉，將大員和馬六甲的航道連接成了一條東南亞最明亮的水線，激濺出了十七世紀初璀璨的浪花。海盜的船隻也在海霧中時常出沒，風雨天光，共譜了一曲海上探險的交響曲，直到——

直到一六六一年中，大明招討大將軍鄭成功以傳奇的身姿，率領兩萬多人，從柯羅灣，以鯨虹的氣勢，撥開大水滄滄的經緯，划開迅速的水浪，穿過鹿耳門，到臺江內海，展開了鼎鼎磅礴的血戰。所有沉睡的魚龍那時都被驚醒，風雲流布，在那揮舞的劍尖上，戰鼓擂動出一曲勇猛的戰歌，千帆擎起，一一列隊成了史書裡不得不書寫的一片壯闊。

而圍城九月，終於逼出了荷蘭在臺最後一任大員長揆一（Frederick Coyett）的和平協約書，從此之後，遂開啟了明鄭時期的「安平」，「大員」的名稱也隨著歷史一起遁退，化作了史書中的一個名詞。此後，「安平」成了明鄭立於臺灣史詩上一個「反清復明」的最後抗爭基地，直到鄭克塽在一六八三年八月跪舉降書迎接清水師提督施琅入臺，明鄭所建立二十二年的延平王國，終於消亡於水霧之中了。

我翻閱著歷史，歷史卻如波浪拍碎了我的思緒，然後退遠成了潮退後的沙岸，靜靜地將文字海岸線串聯起來，成為想像無法抵達的邊界。堡壘的殘跡，剝落的紅磚，都爬滿了歲月的枯藤，抬眼遙望，卻難以望穿那四百年的歷史景象啊。而人如潮水，去去不回，繁華勝景都逝如泡沫；古樓煙塵，也帶出了古老故事裡的蒼涼，我似乎聽到歷史想說些什麼，訥訥的，欲言又止，最後陷入了無盡的沉默。

來到馬六甲，卻總讓我想起了安平。

2

我最初到安平時，那是在大學二年級的時候。與當時的女友匆匆來去，記憶中就只站在那攀著蒼勁古榕樹根的熱蘭遮外城南壁遺跡下拍照，但照片曝光，只見城牆剝脫而露出了棗紅色的磚塊，呈現出了一種古老蒼涼的美，人影卻在光亮刺眼的空白處顯得有點模糊不清。我常常企圖從照片中的景物，去搜索往昔走過安平的足跡，但記憶卻挖掘不出過往的印象，最後只能頹然嘆息不已。

後來某次旅行至馬六甲，從馬六甲河沿岸走到了荷蘭廣場，看著這一帶紅色古老建築屋，都是荷蘭人遺留下來的四百年古蹟，仍然完好地矗立於馬六甲河岸前，總督官邸已成了博物館，基督教堂仍然高懸著十字架，發出清亮的鐘聲，敲落了古老歲月的悠悠光塵，在那晴朗的天空下迴盪；不遠處的聖芳濟天主教堂上，鴿子飛起又落下，啄食著遊客丟落的麵包屑，時間卻喧嘩地從遊客的腳步間溜過。當我隨著遊客的身影拾階踏上聖保羅山上，目觸著已成斷垣殘壁，裸露出棗紅磚塊的牆面，以及已成了擺放荷蘭名人碑塊墓園的聖保羅教堂時，讓我突然想起了安平古堡，想起了夏天裡一樹林蟬叫的嘶喊，想起巷子寂寂的古老時光，閒散地在幾個老人圍聚的談話中，慢慢走遠。

從馬六甲到安平，千山萬水，滄海遙隔，但這兩地的一些些故事，卻都曾經走過了四百年的歲月平原與丘陵，走成了些許相似，卻又呈現出各自不同的風景。而荷蘭人留下的古蹟，都凝固成了歷史的石碑，在馬六甲仍有一些被保存得相當完好，但絕大部分卻已煙消雲散；而在安平，遺跡多已不復再見，只剩下幾面殘缺的城牆與斷壁，在老樹枯根的纏繞中，見證了歷史窸窣有聲行經幾個世紀的過往，裡頭曾有過無數政治的動盪與生命的吶喊，敲打石磚，卻再也找不回四百年前荷蘭話的語音了。

二〇一九年八月中，我終於又重回到安平來，荷蘭時期的「熱蘭遮城」，明鄭時期的「王城」，清領時期成了海防重地的「安平鎮」（政治中心全已轉移到了臺南舊市區去了，因此安平除了水師駐守，其重要性已逐漸減弱。康熙六十一年（一七二二年）發生了朱一貴事件後，改名為效忠里），八月西南季風吹瘦了思念，吹老了古舊城牆與門板裂縫間的滄桑。歷史的巨鼓彷彿在不遠處的古堡中響起，我沿著安平老街一步一步細數時間的往後退逝，向前走去，兩旁的商店與各種攤位，也一起逐漸地被拋在身後了。

而原本預測會經過臺灣的利奇馬颱風，卻轉了方向，因此天氣陰鬱，微風薄涼，卻無一絲雨下，遊客比平時的少。我穿越了老街，先到天后宮拜拜，因為知道宮中媽祖是從湄洲奉迎到此安座，屬於臺灣最早媽祖信仰的中心，臺南與北港的天后宮，都是由此處媽祖分靈出去的。原址在石門國小，據傳後來因為日軍圍剿清兵並將他們埋於廟宇之中，以至於血腥之氣過重，香客漸少，最後荒廢而被拆除，新宮則是光復後移建過來，並經過不斷擴建而顯得富麗堂皇。我把三支香插入香爐中，然後看著香煙在爐中裊裊向上，經風一吹，就散入了空無之中了。

沿著廟旁走，可見廟牆上嵌鑲著鄭成功與荷蘭人海戰，以及登陸鹿耳門的故事，浮雕畫像與史故，充滿著種種聖明記憶的召喚，以為漢族驅逐西方荷人的英雄銘刻史詩典故，同時也是安平鄉老最喜歡談起的傳說。當我越過了國勝路時，就已站在安平古堡的入口處了。此刻，熱蘭遮城的風聲，四百年的風華，蒼蒼雲天，堡壘的殘門，遠走的海岸線，消隱了的波濤洶湧，世紀的更遞，無數的人來人逝，都交錯到了眼前來。當我又站到了那老榕盤根的斑駁斷垣殘壁下時，想到距離與那時女友前來的時間卻已二十二年了。時光瞬眼閃逝為更遠的空曠，再一回頭，就全已時移事改了。

幸好殘牆仍在，根盤交錯的老榕也還在，我彷彿回到了曝光中的照片裡頭，找回到了過去的自己。歲月洗鍊了生命與靈魂，在充滿滄桑感的容顏上，我知道這是人生必經的過程。而斷牆卻註記了四百年前臺灣的過往，每一塊紅磚，都在敘述著一個又一個湮遠的故事，即使世事浮華轉瞬而逝，也都會留下一些感人的聲音。

我觸摸著那粗礪的磚牆，感知那漫長歲月磨礪過的滄桑，是如此怵目驚心。斷裂、頹毀、破敗、損壞、摧殘和消失，到最後留下的，可能就只是一片空白。我看著寄根於斷牆面上的老榕，卻長著蒼翠茂盛的綠葉，崢嶸向上，顯見出生命力的無限旺盛。而牆下一片綠草，更映襯出牆面水泥剝落後形成黑白畫面立體的風霜感，加上紅磚層疊，將歷史的殘遺凸顯得更加強烈。我拍了幾張照片後，佇立在古牆前面良久，想到許多消失的記憶，竟感人世脆弱得不知所寄，被時間的大風一吹，就會消失得無蹤無跡了。

兩個小孩子卻在這時候跑到牆下來，牆的陰影遮住了他們相互追逐的影子，我看到無憂的歲月在嬉戲，稚稚笑聲漫開，老牆依舊沉默，看著小孩越追越遠，然後被他們的父母拉回到身邊去了。我離開斷牆時，似乎聽到熱蘭遮城在遙遠的年月中開始崩塌的聲音，教堂、官邸、軍營、城牆都一一倒塌，然後全都消失在那遙遠的時空裡。

記憶屏息，循著過往走過的足跡，試圖尋回某些失落的情節。那時我們來遊走安平，並不識歷史滄桑之事，只知道古蹟宜遊，豆花與蝦捲宜食，海景宜觀，因此也就隨意而來，漫無目的地遊走，然而如今稍微懂了，可是一些情懷卻也隨著年歲逐漸老去，而不在，或已消失了。

上到了古砲臺時，細雨微微落下，我看著已經作廢的古砲，遙想清領時期海防欽差大臣沈葆楨在億載金城興建臺灣第一座現代化西式砲臺的情景，頗有一時多少豪傑，強虜灰飛煙滅的感慨，那些夢中翻湧的潮浪，卻在歷史中越退越遠。而古砲猶在，但斯人已逝，所有想像最後也只落成了砲臺上空荒的寂冷，低頭，卻見雨中落下的緬梔白花，萎靡於一地。

此時遊客已稀少，史蹟紀念館也疏稀得剩下一、兩個人，繞完一圈，看過了陳列在玻璃櫥櫃中荷軍的西洋劍、長茅、火槍和火炮，以及鄭軍的劍、大刀、傳統步槍等，這些以冷兵器對壘與比較，顯見鄭軍落在劣勢，但最後卻能擊敗荷軍，無疑憑據的是高昂戰鬥力，以及作戰的策略，使得鄭成功一躍而成了臺灣的英雄人物。平臺上塑立的雕像，遙望茫茫海域，似乎也看盡了歷史中成敗與生生死死的人世情態？四百年在宇宙中只是一瞬，火花一閃，風走雲散，浮的浮，沉的沉，浮浮沉沉之間，只有雕像無言地說盡了所有時間的滄涼。

走下平臺階梯時，雨已歇，暮色漸濃，我環顧著這座重建過幾次的安平古堡，只有頹牆與牆面蒼勁古榕老根最能觸動我的心緒，那歷史殘遺的古蹟，孤寂沉默的，卻也說盡了這四百年來的故事。我突然想起了馬六甲的荷蘭紅屋，以及聖保羅山上殘堡中的一片片銘刻著荷蘭語與人名的墓碑，它們都有著相同的故史繁夢，在大航海時代，追逐著一條駛向東方的航道，尋覓著遙遠的海域版圖和殖民大夢，最後卻全落得只剩下幾片小小的殘夢，在千潮萬浪中，化風而逝。

我想，如果安平還留著完好的一座熱蘭遮城，那將會是一個怎麼樣的歐洲風景？然而這樣的想像卻只是想像，一轉頭，就被甩得無蹤無影了。

出到柵門，安平的萬家燈火已亮起。天地穹蒼，張掛成了一件黑色的薄幕，靜靜地垂下。

安平一些走遠了的風聲

燈火熄後又亮起：西市場

1

白鹿颱風過境，但因為中午時分天氣還算穩定，無風無雨，天空只是陰鬱，正適合出遊，因此我第一個念頭就是想去西市場參觀，逛逛看看這座已近於沒落的菜市場；另一方面，也曾因審閱過一位碩專學生研究西市場的論文，雖然論文只寫到一半，但卻相當吸引了我，主要還是在於它的歷史性，一座明治三十八年（一九〇五年）建成，迄今已一百十四年的菜市場，經歷了歲月洗禮和時代的遞換後，它將會以怎樣的歷史面貌，出現在我的眼前？

當然，我也喜歡逛菜市場，因為可以從這地方窺見市民日常生活的某些內容與細節，衣食中的布料、裙子、西裝、制服和柴米油鹽醬醋茶，以及蔬果魚肉等等，都反映了市民日常所需，生活最真實的內容。而小時候，我就常常跟在母親後面，巡遊菜市場。母親提著菜籃，往菜攤口一個又一個逛過去，番茄、辣椒、青江菜、長豆、馬鈴薯、黃瓜、萵苣等等，一個個地往手提籃子中放，遇到幾個熟悉的小販，還會塞些蔥和蒜之類的小物過來，常惹得母親笑呵呵；而路經魚肉攤，反覆問價後，也總會買些魚蝦或雞肉牛肉回去，但那些刀削過或砍過的血腥味，常讓我有種作嘔的感覺。可是就只為了吃一碗冰，或買一些糕點，所以我才會忍住跟到底。後來，也會偶爾獨個兒逛逛菜市場，主要還是想從那些蔬果魚肉和油米價上，瞭解民生生活水平的高低，物價的漲落，因為菜市場的物品價格，幾乎可以說是最準確的參考標準了。

而要買新鮮的蔬果魚肉，當然是越早去越好，不然就只能撿販餘了。而菜市場小販，更是早起之人，在天尚未亮前，就需到攤口做好準備。所以整個菜市場，在黎明前後，往往已經燈火通明，人聲沓雜；那是一座城鎮最早醒來，最有生命力和最具活力的地方了。

所以到西市場，也是我早已計畫的臺南行之一，更何況還有隱藏在市場內那令人嘴饞的鄭記土魠魚羹、阿瑞意麵和江水號刨冰呢！因此風雨未至，然而我卻騎著單車已到西市場門口了。想想這門口前面不遠，在二十世紀初，還是一片臺江潟湖，水澤湯湯，草木蘺蘺，然而誰也未料到，二、三十年後，水域卻被填為平地，並且被拓展成了繁華的商圈（西門町四丁目），且與末廣町銀座通（中正路）一帶連成了重要的商業地段。

如今，在我眼中的西市場，已經過兩年多的整修工程，依據原圖模式修復完成，因此呈現出來的樣貌，嶄新又不失老建築的模型，這與過去歷經歲月與風雨摧殘，失修破敗的狀況完全不一樣。只是作為古蹟，若不見了時間走過的紋理，難免會讓人在記憶裡彷彿失掉了一些什麼，譬如古老意象、古老氣味、古老的聲音等，都是視覺、嗅覺和聽覺習慣了的熟悉感受，然而這也是老建築在頹敗和保存之間，所必須面對與選擇的問題。

走進去，內裡的空間寬闊，地面乾乾淨淨，兩邊以柱子作為區隔，安置了一排排商位，但全都是裁製西裝和販賣布料的布坊。沒有顧客，也沒遊人，一片水靜河飛。這與我想像的西市場完全不同，當然，大菜市很早就不賣蔬果魚肉了，但以前還賣些雜貨的，如今清一色卻變成了布料商場。我來回走了一圈，似乎像是在丈量著某些消失的事物，那是回憶中被刪掉的一些些影像，或一些些失落的情懷。

或許童年再也回不到童年的地方，青春也回不到青春開始之處了。記憶靜靜地斂翅，棲息在故事遠走後的一個夢裡，不想醒來。探入一個布料店裡，老闆很熱情地問想買什麼，彷彿沉靜太久，突然有人進來引起了四周空氣一陣的騷動。我笑笑說，只是來走走看看，怎麼整個市場一煥全新？老闆說是啊是啊，他們也剛從西門市場搬進來不久，因為那邊也要開始修繕了，大概八個月吧，修復後又再搬回去。

我感覺寂靜泛開，盪向了四周，然後擴散而去。抬頭，卻見屋頂處有一列通風口，使得空氣更加流通，感覺也明亮許多。老闆說整修後變很多，但這樣也很好，至少還把西市場保留下來，畢竟這裡是許多老臺南人的集體記憶之處，拆了，或建成高樓大廈，記憶也就不見掉了。

我似乎可以從他的話語中想像西市場過去的繁華歲月，不論是在日治時期與末廣町形成經濟共榮圈，還是光復後，因本町（民權路）被炸毀，以致許多雜貨零售和華洋百貨批發、鐘錶行、嫁妝店、被服店紛紛搬進來，而使得人潮也都集中到這裡來。老闆說，他的布料和西裝店，在西市場已經營七十多年了，自他阿祖開始，到現在，守住家業守成了一個白髮蒼蒼的老年，時間就只一眨眼間的事啊。

是啊，就只是一眨眼間的事，西市場幾度更變了風華，卻也繁華過眼，從上世紀八〇年代開始走向了沒落，然而它卻藏存著許多府城人生活裡美好記憶的一面。許多故事在這裡周轉，許多動人的聲音在這裡掀開，許多日子走過，走成了許多不斷回望的惆悵。臺灣開始經濟起飛時，卻也是大家所稱呼的「大菜市」走向了沒落的開始。老闆說哪，經濟轉移，也轉得太快了點，大型超市的崛起，四處開張，以薄利多銷的方式席捲整個消費市場，所以像老菜市場的西市場，人氣也變得越來越少了。鬥不過人家啊，老闆說到後來，聲音有點沙啞。

但我卻想起小時候跟母親到傳統市場的情景，雖然環境有點髒亂，人聲吵雜，但在討價還價中，加點蔥蒜，或送一小把芹菜兩粒番茄的，那份人情味，卻是現代超市所不可能出現。不然偶爾在哪裡遇到熟悉的小販，東家長西家短的，也是買和賣之外的另一分情趣。所以逛菜市場可以窺見種種人生世象，因為，人間世的煙火就在那裡啊。

可是我不曾見過西市場處於陰暗擁擠和人聲吵雜的繁盛時期，那處在上世紀五、六〇年代商業活絡的狀況。西裝裁製店老闆說，那時啊，剛好是他十多歲美好青春的歲月，偶爾會到市場來幫父親看看店門，而西門的蔬果和雞鴨魚肉就在後方，他指了指後面已被封隔起來的地方，那時一大早就人潮如流水，喧嚷聲不斷，後來蔬果和雞鴨魚肉攤，以及批發商都陸陸續續搬走，人潮不再；再後來雜貨零售與鐘錶店等也離開，人氣也就散了。西市場從此成了主要賣布和西裝的場域，並逐漸老舊敗壞下來，原本要改建，可是一拖再拖，最後建築老舊得更嚴重，甚至有一度要把它拆除重建市場大樓，後來也不了了之。一直到民國九十二年，被列為市定古蹟，西市場才終得保存下來。老闆在回憶裡將西市場的興衰歷史重新拉了出來，說了一遍，頗有白髮宮女話當年的無限感慨。

我想起以前讀過簡媜有關於寫菜市場的一篇散文，以聖境出巡的歡樂與朝聖心情，書寫菜市場的種種情景，從攤販族與菜籃族到芸芸眾生之相，寫盡了五光十色，萍水相逢的菜市場現象，詼諧之筆，讀後令人不禁一哂。但那是針對有日常活力的菜市場而言，至於像西市場這已不見小販吵雜的叫賣聲，或阿姨阿嬸的討價還價聲，即使有生花妙筆，恐怕也挖掘不出那熱鬧喧騰的場面來啊。

辭過了了西裝布料店老闆，我往回走，卻看到右方單位店內，一個老裁縫低著頭。默默正裁縫著衣褲，店內日光晃晃，把他的影子照得瘦小，靜靜地貼在牆上。我走過一列的布料店，知道這些店家都經歷過歲月洗禮，背後都有各自的歷史和故事，他們不講，也就成了一片空白與不為人所知的時間秘密。

出到市場之外，風雨開始飄搖，白鹿蹄奔，越過了臺灣島嶼長空，跨過臺南，正奔向西方而去。我在風雨中再次抬頭，看見嶄新西市場入口處的圓山牆，以及屋頂厚重的馬薩風格，加上左右兩窗的華麗型態依舊，使得修復的工程讓這俗稱「大菜市」的西市場，在供人懷舊的情懷面貌中，有了不一樣的新生；而它會不會回復到過往人聲鼎沸，處處人潮的繁盛景況呢？

一切答案啊，都在風裡。

我從百年老榕樹下走過，雨絲卻無聲地在我身前身後，靜靜地飄飛……

2

走入了西門商場，據說這裡也將會進入整修的工程。但仍然有許多布料商店在此開張。外面風雨瀟瀟，裡面卻一派安靜。我張眼望去，一整排的布料店都有光陰走過的路，開出了滿地的滄桑。

這裡一直以來都是老臺南人口中出生禮品，如尿布、嬰兒車、帽子、褲子、衣服；或辦理嫁妝、婚宴物品的西裝、旗袍、床單、枕頭、布簾等等，必須來此購置，因此這地方無疑記錄了老臺南人生活裡禮俗文化重要的一環。因此，有些人的生命裡或許仍然承載著這份與西市場有著緊密關係的美好回憶，民生傳統也依然緊緊扣連了她們的世界，所以在那琳瑯滿目花布類款的選擇裡，一些美好的人生想像與心情，就是由此開始。

我走過那安靜的走道，看著四周的布料和西裝服飾店，商招上的榮盛行、金隆、小婦人、清秀佳人、泰昌布坊、不織布、新三新、尚尚、新玫瑰、高興、錦龍等，一列排成了一個美侖美奐各色各彩的布莊世界。一些布坊已關閉，暫時遷離到剛修繕好的西市場北棟去。我看著一些老招牌在歲月的燻烘之下，呈顯著老舊的樣貌，彷彿人世的流轉，都在這裡過了一回。那些掛在架上的衣服，或擺在店內各色各類的布料，花姿招展地，訴說著等待被人青睞的渴望。

我看著前面有一位阿公推著嬰兒車裡的孫子，緩緩地迎面而來，歲月無聲在他的背後跟著，光影貼地而隨，孫子吮著指頭，張望著眼睛，他應該是把這裡的世界看成很大很大吧？阿公的步伐卻如同尋常，像在巡視這老商場與他一起老去的況味。我們擦身而過時，感覺我與一個年代輕輕碰了一下，又輕輕隔了開去。

像一首詩寫的：鐘錶上時針和分針擦身而過／五點十二分，有人／從這裡走過，有人／從那裡走過／靜靜走過彼此／去尋找過去已經消失的自己……

年代轉過很多拐角了，布莊仍在，仍在這裡等待一些人來選擇她們五彩繽紛的夢境，然後將它裁製成未來可以期待的美好人生。我拐了個彎去，依舊是布莊和製理西裝之店，有些地方有點陰暗，有些地方燈光明亮，近百年的歷史，就在陰暗和明亮之處，被裁製成了府城人生活裡的許多故事。

以前常聽臺南的朋友說，臺南是個很注重禮俗的地方，不論是孩子出生後的三朝、報酒、剃髮、滿月、收涎和做度晬（週歲）等，都馬虎不得，禮儀都要做足；那更何況影響人生大事的婚禮流程，從納采、問名、納吉、納徵、請期、親迎等「六禮」，可以說是一件也不能少，以免壞了婚禮儀程而影響到未來婚姻的幸福。

所以，婚綵購用或採備都必須來到這裡；甚至喪禮的一些用品，也需要來此置辦，因此人生的所有大事，都與西市場有著千絲萬縷的關連。

我從西門市場繞了一圈回來，跫音回響，有一種孤寂的對話在空間浮盪。最後選擇走進了清秀佳人的布莊內，觀賞著各種布料，有復古風的棉紗布、雙子星日本卡通布、印花棉布、鄉村類和花朵類、素面布、雙紗布，格子布，以及可愛的卡通版權布等等，讓人看得眼花撩亂。這些布料可以依身體線條裁剪和縫製成美麗的衣裙，或旗袍，讓時光回到古典時代的精緻美好。只是在成衣大量生產的年代，量身訂造衣服也越來越少，布坊受到的衝擊更是實在難免。所以在機械生產代替了手工藝後，實際上徵示著獨一無二的手工藝術品也隨著時代演變而失落了。

問起員工生意如何？員工只是笑笑，不答。所以離開前，我買了一匹花布，打算回去送給我姊，那麼微不足道的消費呢，在這布莊裡，我似乎聽到自己對著自己的私語。

離開時，我看到走道兩旁，有些布莊關閉，有些則是員工坐在櫃檯前，茫然地看著時間悄悄從身邊流過。走道依舊沉寂，光影明明暗暗，時代不曾停留一直向前走去，無法回頭，只留著我在這布坊與布坊之間，慢慢踱步，慢慢地，把這商場拋成了身後另一個遙遠的國度，遙遠的記憶。

3

啊，招了吧，其實我來西市場主要是為了醫治我嘴饞的舌頭，安撫騷動的味蕾，讓它好好嚐盡在地美食的酸甜香辣。

所以在江水號的冰店內，當老闆端來了一碗八寶冰，讓我有一種在颱風天裡吃冰的冬冷快感；尤其把芋頭、鳳梨和紅豆攪上刨冰之上，那種快樂，像童年初嚐一些甜品那般單純和易於滿足。碗中的冰融化得很快，入口細膩而清甜冰涼。因此一邊吃冰，一邊聽著屋頂雨聲淅瀝，無疑也是一種歡喜的境界。

而店內牆板上寫著大大的紅字：民國二十年創立江水號。把冰店的歷史標示得很清楚，其實老店就是品牌的保證，能經歷過兩、三代而繼續承傳下來的食物，裡頭自有其醇厚的情感味道，所以這就是為何我會喜歡吃古早味食物的原因。像一首老歌唱的：古早味ㄟ，阿母煮ê料理／卡有鄉土味／流傳幾代／我呷了ma真歡喜……

是啊，那老靈魂一般的情懷，滲雜著無數歲月，釀入食物裡，有著母親和故鄉最美好的味道。我喜歡在古早味裡尋找這份越來越已淡薄的食物情懷，因為感知那是真正用心去做出來的，很少會有一絲絲的馬虎或隨便。所以吃著這些幾代傳下來的古早味食物，我總是心存感恩，慶喜一些以前的美好尚未完全消失。

離開前跟樸實的老闆小聊，問起這小吃部會不會重修，因為從西市場內部後段正在整修當中，所以將後方堵死，無法通往到小吃的地方來，因此只能從外面的國華街轉進小巷口，才能找到小吃部，所以彷彿像是被割離了西市場，成了一個獨立的小小天地。老闆說會吧，只是還沒正式通知，話裡聽出了些許不安，但又無可奈何的樣子。我又看到了時間在角落處偷窺，等著許多人離開後，悄悄地將這地方像變魔術那般，重新粉刷一新？

轉到隔壁的福榮小吃店，卻見店內滿座客滿，老闆瀝麵時蒸騰的水氣，蓬蓬的宛如一片雲煙歲月，散了開來後又攏聚，讓人有點看不清眼前的真實，只有喧雜的聲音在空氣中依舊四處浮盪，讓人感覺這裡就是一個美食人間。

直找到座位後，我才叫來阿瑞意麵和餛飩湯，彷似來到這裡，不吃這兩樣食物，就等於白來一場那般。因此想起以前在臺南，遊街走巷尋找美食，總常會碰到這兩樣食物，如新美街的老恭肉燥意麵，吃得常讓人回味再三，畢竟是七、八十年的老味道了，看似蒸煮簡單的意麵，卻也叫人吃出了不簡單的美味，或吃出了歲月美好的甘甜。

阿瑞意麵也是，配上餛飩湯，熱燙地面對著滿城風雨，頗有一種淋漓快意的感覺。在這裡，時代替換了又替換，但是只要有一碗意麵在，就能稍稍穩定所有煩躁的心和失落的情緒了。當我夾起了兩片薄肉，攪拌醬汁，讓豆芽和麵混合一起，並將肉片沾上醬汁送入口中時，那肉味，很高興地就往味蕾間散開去，讓人在咀嚼間，感覺到肉渣和意麵混雜的香Q滋味。

那是一種家常的吃食，卻又是充滿著家的情感和溫暖；做法看似簡單，然而卻又蘊含著醇厚的味道，讓人感受如一家飲食時圍坐的安穩和安心。因此當我看著隔座一些携幼帶老的顧客，邊談笑邊吃著食物的情景，突然覺得阿瑞意麵的魅力就在這裡。

而一碗五顆餛飩，湯上浮著韭菜花碎段，青綠醒目，剛好可以調和意麵的肉燥味，而且餛飩皮肉均好，不油不膩，足以暖胃飽食。因此口味到家，往往是食客所期待的。

所以我想，早期西市場還經營蔬果魚鴨肉時，早上人潮眾多，大家採購完畢後，或逛累了，總會不經意地往後面小吃部走去，叫一碗餛飩、意麵或土托魚羹之類，應該就是最美好的一日之始了。所以在這裡，福榮小吃店自是看盡了人來人去後的滄桑與空幻，九十年，無數的四季輪轉，在意麵的牽纏中，自也牽出了一個小小的有情世界來。

因此大菜寮的歷史走到了這一段，往回頭一看，就這麼一眼，卻已經是百年之身了。雲煙在這裡聚，雲煙在這裡散，聚聚散散之間，時間卻走到很遠很遠了。而歷史，也只是對曾經走過這地方，或有過此處回憶的人，才會有意義，不然也就只是一段無意義的文字和傳說而已。

我這麼想著。文字、語言、歲月，都只是浮光過眼，走過，也就走成身後的風景了。

當我腆著肚子從福榮小吃店出來，行過那短短的小吃部走道，經過了杏本善誠舖、Chun純薏仁，經過鄭記土魠魚羹店等，出到國華街，雨勢稍微小了，一些遊客三三兩兩撐傘在雨中漫遊，尋找著國華街的美食，或正興街的文創商品，而大家似乎忘了，這裡還有一座已修復好並開放一些布莊入駐的古蹟——西市場呢！

歷史的頹壞和裂縫已被鋪平，重新粉刷一新的堂皇建築，開著大門，正等待轉換另一種商業模式，召喚另類的生命活力，以展開另一個故事的開始。但未來仍然非常漫長，時間將繼續沖刷而過，繼續成為歷史中的歷史……

此刻，白鹿颱風漸遠，許多投影在牆上斑駁的記憶印痕，都被雨水沖洗成模糊的一片。街上許多人走過，腳步無聲的，一一流散到各自要去的方向。繼續有人走過，像在譜寫著一首又一首人間的詩曲：

晝與夜，如單車輪轉過正與街上
濺開明亮，與黑暗

日子就這樣展開，向看不到盡頭的
前方

大菜市裡的歷史，搖盪出了一些文字
有的落在日文裡
有的進入中華民國的國語中，在
臺南

許多人走過，許多人消逝，許多人
又走來，夢裡的喧嘩
與安靜
都睡入了一首首臺語的搖籃曲上
那是故事的起端，那是故事的中段

母親提著菜籃
買了許多回憶，回來
炒成一鍋
吃也吃不完的歡樂與
荒涼

結尾的故事，繼續地被修繕，等待
許多腳印，重新的
說起

而時間就坐在西市場的大門口，一直細數著無數腳步聲的來去，並靜靜地與老榕樹對望，然後等待，一城燈火在黃昏裡，逐漸燦爛地亮起。

燈火熄後又亮起西市場

七月，風雨一路的臺南

七月，夏天的流光從路樹的枝椏和叢叢葉隙間轉移，在雨水中穿過，並潮濕地流竄於公園路上，風微微吹過，似乎有點熟悉，在機車的探後鏡上，我看到了臺南的街景，慢慢在機車駕駛過的兩旁，拼圖一般，拼貼出我記憶中的臺南景象來。

許多場景被時間遮蔽得只剩下一些光影碎片，靜靜隱藏在回憶搜尋不到的地方，或潛伏於歲月的深漥地帶，被一層層時間掩蓋掉了，不經意，很難從中挖掘出來，臨照出曾經的過往。機車向前駛去，微微雨絲從頭盔邊翻飛，四點三十六分的午後光影在陰鬱的天氣中，飛濺成涼風，不斷往後梳理而過，經首相大飯店、土地銀行、天使貝可、達人日本拉麵、臺南測候所，然後在湯德章紀念公園圓環間轉了半圈，繞過了臺灣文學館，往南門路上飛馳；此刻，髮梢已被雨水打濕，但我卻感覺重新回到臺南的那一心興奮，隨著機車的奔馳，而放飛所有的心情，讓回憶在風雨中一路起起伏伏。

（民國八十二年，剛到成大時，在課餘之暇，我也常會一個人騎著單車四處亂逛。但慣常路線，無非就是從大學路繞轉出來，然後沿著勝利路一路用力踩踏過去，橫過東寧路後，右轉進了青年路，越過臺南神學院、臺灣教會公報社、九號公園、平交道，然後循往北門路一段的一排排商店閒逛，如到光南買唱帶和光碟、或到寶源莊買毛筆與宣紙，有時也到對面衛民街口的老唐牛肉麵店，叫一碗六十元的牛肉湯麵，感受一份難得奢侈的飲食。然而大部分時間，我卻常呆在南一書局，站著翻看閒書，也在這裡，我近乎讀完了葉嘉瑩談詩詞和漢魏六朝的詩論。而書裡的朝代和書外的世界，總在虛實之間遞換。書一頁頁翻過去，日子卻也一蓬蓬如雲煙來去，乍聚乍散，驟開驟滅的，讓人想再仔細重看時，卻竟已無一點滴之處了。）

當時的臺灣文學館尚未成立，原臺南州廳的建築屬於臺南市政府的辦事處，我有時騎著腳踏車從民族路轉到中正路，都會繞了個半圓圈，經過這凝固著古老時間和權力中心的日治時期建築物，看它矗立在夜色之中，仿如巨獸般雄偉地竣視著圓環前的車來車往。此刻，機車飛馳般經過了孔廟，全臺首學的大牆一片赤色染紅了我的眼眸，樹底下雨滴沾身，擾亂了我的思緒，天上的雲層陰沉，低低地壓到了高樓大廈之上，雨彷彿還不想停下的樣子，潮濕地，吹向臺南七月的長街。

不知為什麼，我卻突然想起了「木棉道」這首歌，記憶中九〇年代初，伴著木吉打的歌手在西餐廳裡唱的歌曲，在我舊地重遊的回憶中倏忽響起：「紅紅的花開滿了木棉道／長長的街好像在燃燒／沉沉的夜徘徊在木棉道／輕輕的風吹過了樹梢／木棉道我怎能忘了／那是去年夏天的高潮……」而季節凋謝了，愛情遠去，蟬聲卻依舊綿綿，如縷不絕。那是我和她一起騎著腳踏車到南門路木棉道民歌西餐廳聽歌的日子，一樹紅花開落後，殘紅滿地，也雲淡風輕，夏天更在那時遠逝成了一首詩的最後餘韻了，沒有娓娓之音，沒有長歌不絕，一切情感上飛躍的音符，全都成了絕響。

穿過府前路一段的紅綠燈，穿過郵局，穿過假日花市，穿過記憶穿過風雨紛飛的歲月圖像，不經意地將過去和現在連接起來，當雨水洗刷掉時間的塵埃後，一些模糊的畫面也逐漸清晰，由此而見證了存在的曾經，天光雲影的，在行經而過的路上，遂慢慢有了拼圖式的記憶風采，像走過的景物都回來相認，彷彿在說，好久不見了，你還好嗎？

來到南門公園的盡頭，右拐，就遇見了小豆豆鍋燒意麵店口，那時為了一口美食，從成大光復校區騎著好遠的單車，來到這裡，就只因為一碗好吃的鍋燒意麵。後來離開臺南後，從嘉義回到臺南，也曾與一位家住臺南的研究所學姊，到此聚餐。那時回來吃個舊時光，或吃一份往昔的況味與感情，仿似對著老照片一樣，裡頭充滿著一懷回憶和無限惆悵。學姊就曾笑說，臺南的美食，永遠是她的鄉愁；然而對我而言，卻常常是時光走遠後，一個追憶的傷感之味啊。

而婆娑夢影，煙塵散盡，像一首殘缺的詩句，再也找不到曩昔一份年少的情懷了。我將機車從樹林街二段轉入了南寧街，以前不曾踏足過的街道，路旁的黃花風鈴木靜靜搖曳著枝葉，三月黃花早已落盡，雨絲和光影紛飛，一路追隨著我奔馳的孤單身影，一路前去，往事卻一路往後退逝，隨風退入更遠的風裡，遠去，寂寂而無聲。

當我把機車停在聖若瑟天主教堂的後巷時，觸眼所及，七十一巷五號南寧文學家的牌子就掛在牆上，約好下午五點開始入住，時間剛好就停在五點正中央。此時，仰望天際，雲逐風飛，被屋稜隔開的天際線，撐起了臺南陰鬱的一片雲空，丹納絲颱風遠離後所形成的低氣壓間歇雨，卻依舊絲絲地纏繞不去。而當我按著門鈴時，突然心中卻莫名地想起了這麼一首詩：

像是回到遠方的遠方，語言抵達了一座城的回憶
雨水洗去了歲月的憂傷
那些夏季的蟬，蛻化了死亡，嘹亮地唱出一曲
古老的命運，在風裡逐漸消散

我們翻開了一冊遺忘的時光，放逐流浪的河流
在夢裡的故鄉，讓文字
撐傘走過，那些愛和哀，都回不去的地方……

站在門口，雨絲翻飛，天光大好，我就那麼靜靜，靜靜地，等著屋裡的人來開門。

第三輯　飲食味蕾

肉燥意麵

下午一點，南部的陽光燦亮而熱情，騎過的單車帶不來身後的一絲涼風，天空湛藍如洗，偶爾幾片浮雲盪過，依舊遮不住炎炎天日的橫張。我躲著陽光曝曬，穿過了蔭涼的巷與巷之間，最後從民生路二段轉進了新美街，不遠，就看到了老恭意麵有點老舊的店鋪，就迄立在眼前。

去年的整個夏天，在臺南亂逛時，有時候也會在傍晚時分，突然闖進了新美街，然後就會想到老恭的店鋪來，叫一碟意麵和一碗酸辣湯，愜意地吃著一份臺南古早的老味道。「七十多年了」，老闆在人客稀少時，還會聊上一、兩句，淡淡的語氣有種歷盡風霜的感覺，語言到了嘴角，只那麼的三、兩句，很快就被風吹散。七十年的老店就是個老招牌，一切的宣傳都比不上店門上那塊紅底白字的店招，讓路過的人注目記得。

而在狹小的店內，沒有空調，夏天悶熱，即使風扇迅速輪轉，轉送出來的風也是燠熱的。可是大家似乎也不太在乎店內的熱意，幾張小桌常常客滿，有的叫滷味，有的叫水餃和豬肚湯，當然也少不了一碟肉燥意麵。簡樸的桌椅，我就坐在老板輝仔瀝煮乾麵的不遠處，看著他把一團團的意麵丟進沸騰的熱水中，然後不到半分鐘，就把麵撈起，非常熟練地放進碟內，再舀了一湯匙的肉燥醬汁進去，並加以攪拌，然後放了一隻小蝦、幾片肉、蔥花和青菜，端出來時，看似簡單而普通的一碟肉燥意麵，吃在口裡，那種味道，甘醇可口，麵滑順而QQ，鹹香適中，讓味蕾有了另一種感覺。所以我喜歡到這裡來，吃完一碟肉燥意麵，再配上一碗酸辣湯，就覺得肚腸順順，也就心滿意足了。

當然，老恭的店內不只有肉燥意麵最擾歡舌上味覺，還有蝦仁扁食、各類魯菜和上湯雞燉豬肚盅湯等等，甚至也有昂貴的魚翅和鮑魚水餃，只是我喜獨沽一味，肉燥意麵不只在價格上平民得很老百姓，而且吃起來也很普遍，像早期苦力在米街上幹完半日勞作後，就踱到了簡陋小麵攤前，坐在長型木凳，並一腳抬高放在凳上，一口澎湃且豪放地歁歁有味地吃著肉燥意麵，然後加上一杯清茶，就是最美好的一餐了。我可以想像他們在日頭赤赤之下，那份飽餐之後與工作夥伴閒聊的那一刻滿足感。

那時輝仔的父親老恭也正好與此刻輝仔同樣的年齡，在米街上看盡了人間世相，而手工意麵加上家傳肉燥醬汁，更吸引了一批批人客的到場，攤前攤後應該是人聲鼎沸吧？我想。青菜汆燙，淋上肉燥醬汁，以及一碟乾意麵，就可以讓那些人笑談一日苦樂了。因而在此，尋常勞力，肚子溫飽了，才有力氣去撐起下半日的工作。付錢時，銅板在攤上小碗撞擊出來清亮的聲音，與流光晃晃，更形成了那年歲日攤上的夏日聲影。

我從輝仔丟麵瀝麵掏麵的身影中，想像著歷史的流轉，在那故事裡頭，肉燥意麵的時光味道，才有一個淵遠流長的承傳。而老恭當時煮麵的姿態，是不是也如現在輝仔的身影相似？我嚼著麵條，知道所有的食物都有其時間累積下來的故事，在歲月爐火之前，映照著父與子，甚至下一代的生活與夢想。

夾完碟中最後的麵條和肉片，汗已在額間微沁，風扇不停運轉著風力，但仍然掃除不了臺南夏天的炎熱，我轉過頭來，剛好看到身後桌旁的一對父女，正等待麵與水餃端上來，小女兒問正在忙著刷手機的父親：好餓喔，麵什麼時候才來呢？

那父親頭也不抬一下，應道：快了，快了。時間卻溜到了店外，看著陽光燦亮燦亮地，把下午一點多的街巷，刷成一片天光茫茫。

當我騎上單車離開時，身後，恭仔肉燥意麵七十年老店的店招，高高地懸在店舖上，於盛夏的陽光裡，那麼顯眼，那麼地明亮。

肉燥意麵

赤崁棺材板

來到臺南，總是會遇見不少小吃老店，七十年、八十年，或百年等，處處都會讓人驚奇於美食歷史的久遠。一座古城若歷史夠悠久，則城內食物的古早味，必然也不斷在試探顧客的味蕾，讓食物的歷史在舌尖上翻滾著酸甜苦辣，也必能讓味道的記憶拉長到與古城的身世等長。

所以行走於古城老區，繞個彎或在轉角處就會碰到具有歷史故事的小吃攤，或名聲遠傳的美食店。一如沙卡里巴的赤崁棺材板。那隱藏在康樂市場裡面，窄窄的小路，有點幽暗地走進去，不小心還會錯過，但進去了，就會發現這裡有光，店門前燈火燦燦，把店門口寫得大大的「天下第一板」照得明亮吸睛。我站在店門前，環顧四周，這裡在日治時期，屬於一地繁華的沙卡里巴（「盛り場」），然而流金歲月流瀉過去後，人潮散盡，也就只剩下了老一輩記憶裡喧騰歡鬧的那一份小小美好了。

赤崁棺材板店旁不遠，就有阿財蝦捲和香腸熟肉，旁邊則是榮盛米糕，所以在這裡可以叫一碟黑白切，然後再加上一小碗米糕，就可以讓肚腸悠哉閒哉地度過一個下午了。然而我此來的目的，卻是赤崁的天下第一板——棺材板，那是我味蕾記憶裡所曾經記錄下的一道大學歲月與風景。

是的，二十多年前剛來成大唸書，某次同學問起，要不要到小北夜市去吃棺材板，因從國外來臺，初來乍到臺南，第一次聽到棺材板的名稱，頗為驚奇，無知地問說：棺材板也可以吃？因此反而讓同學當著笑話了一陣子。棺材板當然可以吃啊，那是厚吐司炸成金黃色後，從內挖空，再填上雞肉絲、碗豆、蘿蔔和高湯煮成的牛奶勾芡，並蓋上另一片吐司而看似如棺材型態的美食，來臺南必要嚐一嚐的府城味道啊。

這是臺南的正宗。我的記憶把我帶到了二十多年前小北夜市的賣棺材板的攤口，在夜市暈黃的燈光之下，面對著那一片厚厚而被炸得金黃酥脆了的土司，看似不起眼，但用刀叉把那土司切開來，流溢而出的食料，沾著一小塊炸土司吃進口裡，卻是別有一番味道。「很臺南」是不是？同學笑問，其實那時候我也不知道

「很臺南」是怎麼樣的一種味道，可還是點了點頭，彷彿來臺南而不吃棺材板，就很不臺南了。

後來與當時的女友吃過一次，在安平。王城的棺材板充滿了歷史的記憶，熱蘭遮城的遙遠想像，鄭成功揮戈上岸的呼吶，以及老榕盤根的滄桑，隨著我們攜手的愛情故事在夏天裡晃盪，穿過老街時，在一個小攤口上買了兩份小小的官財板，老板說，為了一些人的避忌，棺材改成了「官財」，也希望能夠由此財運亨通。當時的我們不懂這些，只知道愛情走過老街時，微笑掛在唇角的甜蜜，並且穿過一樹蟬聲不絕的鳴叫，穿過古堡，也穿過了歲日晃晃的煙消雲散。許久，走完了愛情的短街後，再回頭，風的稍息處只見攤口的店招孤獨地在那裡矗立。

隔了許多年後，才在去年重回臺南，單衣拂風不忘，影影綽綽的都是往昔的記憶，流過曾經走過的道路和巷子，依舊是盛夏蟬鳴，有一聲沒一聲地，輕輕騷動著過往的回憶，讓人感傷。後來行經友愛路，看到了小巷前寫著赤崁棺材板，於是拐了進去，穿過了兩旁的服飾和布料店，而終於看到了「天下第一板」的招牌了。

推門進去，餐廳內的空調把夏日的炎熱隔在外面，店內顧客不多，或許已經過了午餐時刻，一對情侶坐在左角處，而另一個角落，卻坐著一個中年男人，大家各據一方，默默吃著盤中的棺材板。時間彷彿停頓了一下，我想起了二十多年前自已也如那對情侶那般，分攤著一碟棺材板的甜蜜，而如今，自己卻成了另一個中年人，孤單地咀嚼著自己的寂寞，而不由覺得歲月跟自己開了一個小小的玩笑。

棺材板端來時，我用刀叉切開了炸得金黃的土司，讓香濃的勾芡湯，連同火腿和豆子夾著土司，一塊塊地送進口中，舌尖味蕾也彷似記起了老味道，歡快地搜索著酥香裡的一份熟悉感，像遇到許久不見的老朋友，忍不住欣然地要聊起所有離別的過往。而濃湯溫醇的滋味，帶了點油膩，卻是恰到好處，與土司的酥脆，相互中和。吃完時，仍覺得唇舌之間留有餘香，像歲月遠去後的淡定，而人生海海，過去已化成虛幻，未來則

赤崁棺材板

更加難測，只有當下，是最最真實的了。

而當我推開店門離去時，一切身後的事，去去，都已雲淡風輕了……

蔡三毛肉燥飯

夜晚寫完了一首詩後，看了時間，已是七點四十五分了。於是騎著單車循國華街二段而去，然後轉到了保安路，終於找到了蔡三毛豬血攤，幸好不是周末或假日，不然在那小小的店面內，座無虛席，連要搭個座位都不太可能。這裡空間狹窄，只擺了五、六個桌子，人一多，連個轉圜的餘地也沒有。

我不知道為何會選上這麼一攤來夜祭自己的五臟廟，可能是因衝著店名而來吧？蔡三毛，俗得很道地，也很市井，無遮無掩地貼著地氣而行，像是那洪荒裡的小名一聲喊，純樸而宏亮，叫得村落裡都有了回聲。

而在這裡，小吃也很道地，平民百姓裡常有的一湯一飯，湯是豬血湯，飯卻是肉燥飯，尋常裡的尋常，庶食裡的庶食。簡便，入味，很適合類似我這種兩袖清風的寫詩者胃口。而詩無價，絞盡腦汁，也只換來臉書的一、兩個讚，但飯還是要吃，湯也還是要喝的。於是此刻，叫一碗瘦肉肉燥飯，可以填一填空空的胃腸，再叫一碗豬血湯（其實應該叫一碗豬腦湯），補一補耗費腦力的大腦，之後，飯飽湯足，又有力氣可以回去繼續寫詩，繼續貼在臉書讓人按讚。

而肉燥飯在北部叫滷肉飯，名稱各異，而且在材料上也是稍有不同。根據某達人的解說，滷肉飯的滷肉醬料是將豬肉絞碎後，再置入滷汁中去滷，滷到肉全進味，近於靡爛就功成圓滿了；至於肉燥飯的肉燥，則是將豬的三層肉切成了丁狀，放到了鍋中來煮，同樣是煮到入味，澆到白飯上，讓粒粒晶瑩的白飯，都沾上了濃香的油脂味，吃入口中，香到了舌尖上的味蕾都會忍不住跳起舞來。但乍看來，肉燥飯和滷肉飯，其實沒有太大差別。我也曾常常光顧臺北艋舺夜市的四方阿九滷肉飯，滷肉綿密不膩，入口即化，滷汁濃香讓人回味，若再加上一碗苦瓜湯，就更是胃暖腸實，心滿意足了。

至於蔡三毛的肉燥飯，可選肥瘦兩種，一般上我都是會選瘦肉燥，畢竟肥肉燥油量太高了，不適合年歲漸老，ＢＭＩ指數越來越高的人。瘦肉剛好可以讓醬收乾，納入到肉渣之中，混著醬汁，乾爽而不膩，沾著飯粒，緩緩地在齒間咀嚼，感覺別有味道。

此刻，國華路二段與保安路交叉路口的夜色降得更低更低了，燈光照不到的地方，漆黑一片。而店內則是人聲沸騰，已經是八點了，顧客卻走了一批又來了批，似乎未曾斷絕。我突然想起自己剛剛寫完的詩中一段：吃得只剩下餘生的牙齒／仍還必須繼續／吃下自己肥膩的夢／以及，越來越無味的一段／愛情故事了。

時間踮著腳尖無聲走過，我把肉燥飯扒完後，喝著豬血湯，卻不經意地看著店內掛在牆上的一幅對聯：「湯頭火候真來味，讚賞府城小吃王」。那兩行隸書，不知出自誰的手筆，乍看倒有幾分氣勢，而在府城能以肉燥稱王，其實也相當不簡單，畢竟這一類庶民飯食，說是普通，但要讓人吃了，除了飽肚，還能回味，也就顯得難能可貴了。

肉燥飯是陪著許多人走過他們每一階段歲月的輕快美食，早期因物資匱乏，吃肉不易，因此一般

蔡三毛肉燥飯

民眾都會買幾塊五花肉剁碎煨煮，再加上了醬油、薑、蔥頭、八角、冰糖、小茴香和胡椒粉等，攪在一起滷煮，煮成了一鍋滷肉醬，澆上飯，香噴噴的可以吃上幾天，簡單而易飽，無疑也就成了佳餚。而現在夾在人群中吃碗肉燥飯，加上顆魯蛋，幾塊油豆腐和一碗豬血湯，當然不是一種憶苦思甜的自我省思與覺悟，而是它已經成了古老美食的一種，國民化的濃香裡有久久總要吃一次的美好享受。

這店簡陋而不起眼，如肉燥飯那般，但在這裡卻已是三代承傳了，因此來此吃飯，也是來吃時間，吃一種府城的在地味道。因此吃完這碗肉燥飯，就像寫完一首詩那般，要留在腹內沉澱一下，感受肉燥與米粒之間的飽足感，或感受滷味裡的醇香瀰漫，並且實實在在地，感知生活裡一飯一餐，都是得來不易之事啊。

付了錢後，我跟老板說，可以拍下他鐵桶裡的肉燥醬汁嗎？老板帶著狐疑的眼神，以為我想要偷取什麼秘方似，又不好意思拒絕，最後終於還是讓我拍了一張照，並在我要跨出店門前時問了一句：拍照要貼臉書喔？

我喔了一聲，並回了一句：呷飽沒事做，拿來寫詩啦。

說完後，嘴角終於忍不住牽起了笑意，笑紋也把府城的夜色，長長地，拉成了夏夜裡溫暖而飽滿的心情……

劉家肉粽

小時候只要吃到粽子時，就知道端午節來臨了。因為平常是不太可能吃到粽子的。在那偏僻的小鄉鎮，吃粽子未必會想到屈原，因為屈原在小孩子的心裡還沒有一個位置，更不知道有划龍舟這回事，畢竟在滿目都是皮膚黝黑的馬來族群之中，中文也還識不了幾個，龍舟自然聽也沒聽過，偶爾只在鄉間河上，看過馬來人划著舢舨捕魚去。所以童年的回憶沒有一條河流可以讓屈原行吟江畔，也未聽過鼓聲雷響，更未見過龍舟競渡，卻只有五月初五煮熟了的粽子，裹著小孩子們嘴饞的目光，悄悄懸在橫樑上，一顆顆被竹葉包得飽滿而令人垂涎欲滴。

其實母親包粽子總是有她的一套，竹葉是摘自屋後的箬葉竹，這一類竹子的葉片寬大，現摘下來煮過曬乾，還留有清新的竹葉味，因此拿來包裹油膩的糯米粽，是最適合不過了。因此那些童年的記憶，總是在青青的竹葉間晃盪，竹葉下影影綽綽的夢，都常常留有粽子的芳香。

而今晨一點，從西門路二段經過時，發現劉家粽子專賣店依然一片燈火輝煌，三三兩兩的顧客坐在店外，吃著粽子當夜宵，不由讓我停下了腳步來，讓時間先走回家，我則要歇息一下，順便叫來一顆肉粽，加上一碗味噌湯，突然就覺得夜無限溫柔而寬廣起來，在這樣的氛圍下，自己也可以與自己促膝夜談，在肉粽之前，在孤獨之後，美食可以抹去心中的倦累和生活裡淡淡的憂傷。

我掀開竹葉，看著顯露出來的潔白糯米飯，用湯匙撥開來，只見內裡餡料除了紅燒肉、香菇、甘栗子、蘿蔔乾、花生，就是半顆蛋黃了。撒上花生粉，或淋上了醬油膏，吃起來味道適度，不會太膩也不會淡，花生綿軟，嚼在口中，別具風味。於是又想起母親裹的肉粽，食料緊實豐富，滷過的五花燒肉、蒜頭、紅蔥、乾栗子、茴香、香菇和鹹蛋黃，這些被裹在斗狀竹葉的糯米中，一顆顆，拿到大鍋裡蒸騰，每次看到蒸汽絲絲從鍋蓋縫間冒出，我與妹妹總會蹲在旁邊，等著掀蓋的時刻，那蒸氣很大，常常讓母親的臉給白濛濛的蒸氣遮掩住了，我們啊的一聲大喊，卻把母親的華年嚇跑了，當我們再抬眼細看時，所有的蒸氣都已染上了母親的鬢絲上，讓鬢絲霜白得也畫出了眼角細細的魚尾紋來，看得叫人心驚膽戰。

年年端午，我們吃著那食料包得豐富飽滿的燒肉粽，有時還會加上幾顆小小沾著白砂糖吃的鹼水粽，感覺那幾天的富／腹足，可以撐到下一年的端午去了。畢竟童年的欲望極小，稍能滿足食欲，就能安好無憾矣。不若長大後，總在天光雲影中，不斷追著自己腳尖的影子跑，跑到最後，原有的自己卻被跑丟了。

劉家肉粽

而想起往昔，曾有些年在南華大學教書，住在偏靜的大林，若上八點早課，總會先騎機車到火車站前的簡家肉粽吃一顆粽子和味噌湯當早餐，吃完後，感覺胃腸有了花生、瘦豬肉、短白米等飽實的墊底，氣也就跟著精實，並足以展開早上四堂課的戰鬥力了。後來離開了大林，偶爾還會想起火車站前的粽子，喔不，應該是晨早吃粽子時的在地氣氛，聽鄰座老人在樹下談天說笑和敘述日子的感覺，那些話語和影影晃晃的日常，其實也是歲月走遠後的一分美好記憶啊。

當夜色把西門路啃得更光潔深暗時，車稀人少，時間早已靜悄悄地進入了各自的夢鄉，而我彷彿是走在別人的夢鄉裡，帶著一腔粽子的餘味，穿過深深沉沉而漫長的夜色，急急地向前，繼續地趕路……

邱家小卷米粉

每次經過國華街三段時，總是看到有一群人在邱家小卷米粉店面前排隊，尤其是周末和周日，幾乎是被觀光客占領了，人潮不斷，長龍不絕，我曾有幾次想去光顧，但一看到長長的隊伍拉到了巷子邊去，於是所有的胃口都只能繞路而過，不想與觀光客爭先嚐鮮，因此只能等待沒人排隊時再去。剛好，某日中午閒逛過其店前，只見長龍不見了，只有三三兩兩的人客在店內等著被叫號，於是連思索也不用，直接趨向前去，叫了一小碗小卷米粉，然後在十多張人滿為患的桌外間，覓得一個搭位的位子，欣然入座，像朝聖教徒一般，看著眼前清淡鮮美的美食，在舉起湯匙的剎那，就已經感覺到了味蕾滾動的美好期待了。

朋友說，來臺南不吃邱家或葉家的小卷米粉，是一種遺憾。所以為了讓自己無所遺憾，因此告訴自己，總得要吃上一碗小卷米粉，才能離開臺南。如今等了許久，終於得償所願。而當湯與米粉進入口中時，味覺立即辨認出了小卷鮮美的味道來了，腥味全無，鮮甜可口，只是這種甜，又不完全是來自小卷的甜，又不像是味精之味，或許放了些糖和鹽？但這是邱家小卷米粉湯的秘方，大致上應該也是不會告訴外人吧。至於米粉，則是屬於純米製的箍米粉，粉身粗圓，久煮不爛。

其實在邱家小卷米粉對面不遠，還有葉家小卷米粉，大致上，這兩家都是遊客來到國華街必然會朝聖的美食之店。這兩家處在同一街上，長久來都常客滿，生意興隆，因此可以見出小卷米粉湯的魅力了。當然，小卷米粉，最重要的還是在於湯頭。若熬出來的湯頭不鮮美可口，則就難以征服饕客的味覺，更難招引食客注意，由此也就難以達到口耳相傳的宣傳效果了。

我慢慢地把小卷和米粉全都一掃而光，湯頭留到最後才喝，感覺小卷鮮Q，因為煮前先冰浸過，因此煮後小卷也比較彈牙可口。而且據說小卷是從安平港採購而來的，當天煮，才能保有新鮮度，這不由讓我想起前年回老家時，三姊煮的小卷米粉湯。

其實潮州人向來喜吃米粉湯，有時用蝦來熬湯，尤其蝦頭必須煮到熟爛，再加上白蘿蔔，湯頭自然無比鮮甜；有時也會用油炸過的魚頭和魚肉，炸到變黃金色的魚頭和魚肉，配合番茄、芋頭和大白菜等，組成了一鍋鮮美的魚頭米粉湯，常常令人腸胃大開。但那次回去，剛好三姊從附近的漁港買到了三公斤的小卷，於是興起了煮小卷米粉的念頭來。因小卷是剛捕上岸，鮮度十足，所以不需加上任何味料，只是放入切好的番茄與檸檬汁，米粉煮得半熟時，再放入小卷，讓鮮味一出，就即刻可食。湯清淡，卻又有檸檬淡淡的酸，喝起來，超級開胃。

當然，後來剩下的一些小卷，全被三姊拿去煮泰式的冬蔭功湯了。畢竟老家住在南泰國邊界不遠，飲食口味，多少還是受到泰國的影響，酸辣的冬蔭功湯，也常是桌上佳餚，往往一湯一飯，就足以飽肚了。所以從某方面而言，飲食總是離不開族群和地理因素，不同族群和地理，飲食口味的酸甜鹹辣也差別極大。或許地處赤道地帶，炎熱氣候和潮濕雨季，難免讓人總會想起吃一些酸辣的食物，如冬蔭功湯內的檸檬、香茅、南薑、小辣椒等等，具有開胃且又去除體內濕氣的作用。

但有時候吃清淡，或清淡吃，也是讓腸胃減少負擔的一種吃法。小卷米粉無疑是這方面的佳品，一碗小卷米粉湯，就可以度過一個下午了。從店裡走出來，中午的陽光仍然炎熱，照得路面一片白茫茫地亮眼，車子一輛又一輛穿街而過，與時間不斷流淌向看不到前方的前方，走過對街，我想，下次要去吃一吃葉家的小卷米粉了……

邱家小捲米粉

鹹粥

早年我們家中午的那一餐，必然是白粥配豆腐乳、再加上煎魚、炒青菜、鹹蛋或鹹魚，或菜脯蛋等，極少吃飯。我不知道這是父母承自祖籍潮州的傳統飲食習慣，還是因為吉蘭丹中午氣候炎熱，吃飯較難以下嚥，反而吃粥易於消化，又能消暑，所以我們自小就習慣中午粥食，清淡入胃，可卻吃完不久，不到下午四點，又感覺有點餓了。

潮州粥，或我們一般上都稱為「糜」（muên5），不煮到糜爛，只讓白米煮開之後，就煨著，使糜與水保持著分離狀態，而不像廣東粥稠黏一起。有時母親也會加入番薯塊，或芋頭，味道無疑更好。日子過得寬裕點，則會加上一些碎肉，或魚肉，煮成肉糜或魚糜，趁熱吃，感覺清爽可口之極。所以怪不得談到吃粥，鄭板橋有封信寫給其弟，說起在寒天之晨吃粥之樂而有：「暇日咽碎米餅，煮糊塗粥，雙手捧碗，縮頸而啜之。霜晨雪早，得此粥深俱暖。」的文字。若說鄭板橋喜於晨粥，蘇東坡卻好晚粥之食，或許他認為吃粥沒有負擔，又粥水可以清洗腸胃，因此吃完之後，一覺醒來，腸胃不覺順暢：「推陳致新，利膈益胃，粥後一覺，尤妙不可言」。所以粥食讓腸胃得以滋養，有助睡眠，更助消化，算一算，也是一種益食。

潮州人吃粥似乎已成了一種飲食傳統，一日不吃粥，就覺得胃腸空空，好不習慣。因而母親常說，吃粥能清腸養胃，延年益壽，如我家外婆，長年吃粥，就是活到九十九。所以後來，我曾有一段時間在異鄉生活，晨起總是煮一鍋白粥，然後煨熱著，再煎一片馬鮫魚，以及炒個蛋，就是個極其營養的一餐了。有時候是早上吃粥，下午也吃，簡直是有點到了無粥不歡的飲食境況啊。

因此來到臺南，想吃粥，並不難找。尤其具有臺南在地特色的鹹粥，處處都是。老字號的有阿憨鹹粥、阿堂鹹粥、大勇街無名鹹粥、悅津鹹粥、鳳子鹹粥、阿星鹹粥、萬伯鹹粥等等，隨便哪一家，都足以滿足胃腸對粥食的慾望。所以凌晨早起，找粥吃，隨意就找上住處附近的悅津鹹粥來。這小店在西門圓環旁邊，車來車往間，乍看不太起眼，屬於半露天式店面，一半椅桌擺在騎樓間，一半則在店內，二十四小時開張，因而晨早六點過去，已見人客三三兩兩，坐在騎樓間，有的叫蝦仁肉絲飯，加上一碗魚肚湯；有的則是魚皮湯配上一碗肉燥飯，在黯淡的燈光下，與朝旭一起靜靜地進食。整間店的氛圍，在晃盪晃盪的光陰底下，感覺有一種回到了八〇年代那種古樸的食肆景況。

我帶著剛剛睡醒的心情，側身進入了店內，先叫了一碗魠魠魚加上蚵仔和油條的鹹粥，後來想想，又叫了一個鹹蒸魚肚，覺得這樣的食物就可以喚醒惺忪的睡眼了。鹹粥端來時，可以看到蚵仔粒粒，或浮或沉於湯內。鹹粥實際上是煮熟的飯，燙上了鹹湯，和潮州粥與水一起煮熟完全不同，比較像泡飯，然而這也是臺南鹹粥的特色。

啜上一口粥，感覺鹹淡適宜，味道甚佳，油炸過的魠魠魚肉雜於粥間，吃起來，別具口感和風味。油條則可以浸泡於粥中，也可以撕開來，配著粥吃，並隨著帶些蚵仔湯頭的鮮甜，又是別有滋味。舌尖滾過的米飯顆粒、魚肉和蚵仔，宛如海潮風過舌，鹹中帶著甘美，很有臺南在地味道與本色。我夾著剛送上來的鹹蒸魚肚，送入口中，即感鹹上配鹹，卻也爽口夠味，稱上好吃。

好吃原因，是因為粥內以海鮮為主，如蚵仔、魚肚、魠魠魚肉或魚皮等，煮出來帶著海鮮鹹味，所以名為鹹粥。從歷史探源，大致上從虱目魚粥演變而來的鹹粥，把飯泡成湯，而不是煮成糜，主要在於能耐飽，尤其是對出海人而言，出海老半天，若吃的是煮稀了的粥，在海上可能就沒力氣幹活了。因此虱目魚粥演變成今日臺南的美食之一，百年下來，各家的煮法也稍有不同，有些還加了蔬菜熬煮，有些在湯頭中，用豬大骨燉出另一種味道來。是以來臺南，多走幾家鹹粥店，在細細品嚐下，就可以吃出他們之間不太一樣的鹹粥味道來了。

從悅津鹹粥的店內走出來，感覺一肚飽實，圓環車輛漸多，一日之晨的開始，讓人走在臺南的路上，從純樸的想望裡，總是充滿著一往向前的精神和無限的希望；我一路走向前去，卻一邊想，臺南的庶民飲食，其實是可以組構成一冊很有味道的在地生活庶民史啊……

鹹粥

豬心冬粉

我知道阿明豬心冬粉超級有名，每次經過保安路，都會看到排著一線長龍在等著桌位，不論是不是假日，甚至晴天雨天，很少會看到店門前沒有人的景象。似乎阿明的豬心冬粉有一種魅力，或魔力，讓人為了一嚐滋味而甘心等上十多二十分鐘，毫無怨言。

我猶記得去年夏天某個晚上十一點，肚子覺得稍餓，於是騎著單車繞到了保安路，看到阿明豬心冬粉店外已無人排隊，於是趨向前去，卻發現店內七、八桌都客滿。因此還是要等到有人吃完後離座，才能訂位拿牌叫餐。是以在這裡，等待是一種必然，也是一種心甘，就只為了一嚐豬心冬粉的美味和滿足感。

其實我對美食向來隨緣，即使看到了網路上許多人推薦和讚許的，也不會特意前去品嚐，換句話說，我的飲食只是一種為了胃腸的飽足而進行，不是為了追逐食物的香色味，而迷失在味蕾挑剔的美食誘惑中。但阿明的豬心冬粉，卻讓我想起了小時候，阿嬤在老家時常烹煮的鮮蝦冬粉湯。那麼遙遠的味覺記憶，時常讓我經過冬粉店時，就會喚起對阿嬤的那一分回憶。

其實阿嬤的鮮蝦冬粉湯煮法很簡單，混雜著蒜頭、鹽巴、米酒、蔥和薑絲，加上小蝦米和冬粉，在煮得差不多熟時，鮮蝦才入鍋，一般上不到五分鐘，就可以料理出一鍋古早味的鮮蝦冬粉湯了。而阿嬤喜歡在我和母親回老家時，隨時端出這一料理來，卻總是能堵上我們貪吃的口，同時也把我們的心餵得暖暖。所以在面對著冬粉這樣的食物，時時會勾引我去想起阿嬤，想起她那一臉皺紋舒緩張開來後的笑貌，於是吃一碗冬粉湯，吃的不是滋味，而是一種對阿嬤的回憶和念想。

當然，阿明的豬心冬粉和阿嬤的鮮蝦冬粉味道完全不同。一個是售予饕饕之客，一個是親情的私家貢品，吃起來，感覺自然不一樣。但來臺南，不吃阿明的豬心冬粉，也是過意不去的。因此去年夜宵光顧，只是想嚐嚐這麼多人心甘情願花時間排隊來吃的豬心冬粉味道魅力何在？那時記得，那麼一小碗豬心冬粉捧出來，放在桌面上，看似不起眼，可是將沾著薑絲油醬膏的豬心送進口時，麻油香混和醬膏，讓脆嫩的豬心變得更有味道，冬粉湯也不鹹，若再配上一碗白飯，就足以鎮壓住深夜的飢餓感了。

那晚夏夜的夜色有點荒蕪，我坐在店外棚下，看街燈照著保安路，白晝繁忙的塵囂早已消歇，隔壁的米糕店和斜對面魚羹麵店等，都已打烊了。只有阿明仍在忙碌，在鐵桶沸水蒸氣中，讓歲月靜靜地在他的額間擴散。而日子與日子卻排著隊不斷遠去，在街燈之後，在夜深深的盡頭。

今年夏又重回了臺南，米克拉颱風來前，傍晚時小雨微微飄灑，在稍涼的天氣中，我突然想吃碗熱麵湯暖暖胃，自然地就想到了阿明豬心冬粉。原以為小雨天，加上又不是周末或周日，不必排隊領牌了。結果到了保安路，還是看到不少人撐傘排隊，雨絲飄飛中，那些縮入傘下的身影，是如何渴望著一碗豬心冬粉熱燙的慰暖？反觀隔壁幾家小吃店卻顧客三三兩兩，完全比不上阿明店外雨傘長龍的盛景。我原想繞過去，到別家去了，後來念頭一轉，想試試需要排多久，才能入座，於是也就站進了小小隊伍之中，成了傘下陰影的一部分。

前面排了八人，其實還算相當快，站個十五分鐘，就輪到我了。剛好此次是被安排坐在煮攤旁邊，所以看得仔細，店主阿明動作很俐落，刀工切下的豬心和豬肝極細，卻不直接汆入滾水之中燙熟，而是將它置入鋁杯之中，用鮮湯泡熟了才與冬粉混在一起，這樣的技巧，能保其鮮度，又不失過熟，吃起來口感更佳。然而端上來，小小的一碗，吃個三、四口，就沒了。

或許，就是食物小巧，才能吸引人吧？我想。吃完豬心冬粉時，小雨也已停了。路上潮濕，車來車往間，街燈已經亮了起來。暮色悄悄籠罩下的保安路，充滿著食客搜尋美食的目光，目光掠影而來，又掠影而去，成為這一街上飯飽心足後匆匆的過客。

臨走前，我用手機拍下了阿明的身影，也拍下了時間在此交錯的光影明暗，記憶和味道的故事。然後我想起了阿嬤的鮮蝦冬粉湯，想起了阿嬤，那遙遠時光裡的味道和想念，像鄉愁無聲的潮浪，靜靜地，把我淹沒……

豬心冬粉

度小月

二十多年前，寫過一首跟「度小月」有關的詩，那時歲月正好，總是充滿著對文字美好的想像，而且「度小月」很有古典詩詞的意象美感，最初接觸到這三個字時，輕易地就能碰觸到心裡面隱密的情感晃蕩。我只記得當時詩裡的幾句：「月亮在窗口和我一起坐下／愛情在詩裡來來回回／踱步，偷窺我的一萬個夢想／最遠的那個，就像／月亮，小小／照落在我身旁的空椅上……」其實詩並未寫完，那時總覺得浪漫的夢想可以無限延長，實際上呢？在現實中當然全都是錯誤的想像。可是那要等到很多很多年之後，我才會知道。

可是我知道「度小月」並不是我所想像得那樣美好，卻是在那首詩寫出來後的不久。那時已經來到了臺南，也查了資料，知道「度小月」是臺南沿海某洪姓漁民，每年在小月的季節裡，因海象氣候不佳，無法出海捕魚，工作清淡，因此只能暫時挑起麵湯的扁擔，四處沿街叫賣以養家活口，或作為度過小月的暫時營生。

因攤前掛著的燈籠上，寫著「度小月擔仔麵」六個字，而這六個字歷經了四代，承傳百年，也就成了今日臺南「度小月」的名招牌了。

所以，現實和想像總是產生巨大的距離，生活和詩，有時候也只能遙遙相望，彼此之間無法抵達彼此遙遠的夢境。啊，像極了愛情，總以為兩個人能永遠結合成一體，結果發現，都是兩個人各自美好的欲望想像，當想像破滅後，最後依舊只能回歸為兩個人彼此的孤單。因此詩只是一枚枚的發酵素，為自己的情念催眠，只有回到了生活的現實土地上，才知道日常的重複又重複，人世塵寰的庸俗恆常如一。

可是有時候庸俗也是一種必須，畢竟凡塵碌碌，仙體難修，空想也難以餵養生活中的種種磨難，所以從眾如流，也是自己和世界妥協的一種存在方式。一如飲食，往往都是往燈火璀璨和人多的店舖裡頭鑽，畢竟人多處，也是美食的一種指標。所以從眾在這方面，顯現了飲食必然的趨向。

然而許多年來，只要一回到臺南，我都會踱到中正路上的度小月來，因為這裡曾經是我在大學時期的飲食記憶之一，回來這裡吃一小碗的擔仔麵，象徵著歲月的安穩與曾經度過。那時與同學常來，一碗擔仔麵三十元的價位，吃個輕巧，不飽不餓地，只為了燈籠上寫著的「度小月」那三個字。除此，就是那古老味道的肉燥醇香，有一分樸實甘鹹的雋永。老板坐在燒得凝焦成厚厚一團結晶膠體的肉燥陶甕後，像百年前他的老祖那般，坐在扁擔前的模樣，燈籠下的光暈昏昏，照出了擔仔麵的湯香氣，彷彿也是百年前傳來的，讓人充滿著遐思。而冬夜來時，一個人吃著湯麵，裹住厚厚的風衣內，一顆心卻感覺溫溫暖暖的。

再想起那情景時，日子卻退遠成了一種淡然的遺忘。像那些從鳳凰樹上飛遠的鴿子，再回來時，心情也不太一樣了。而臺南還是曾經生活過的臺南，度小月也依舊是那散發著古老味道的度小月，只是有一些人不在了，卻又有一些人的出現，人世輪轉，春秋幾度，歲月遞嬗裡我卻遇到了自己的風霜，以及隱藏在生命裡某個角落的滄桑。

多少年後的夜裡，與朋友重回度小月，首先看到的依舊是店門前的紅色燈籠，進到店內，只見坐在肉燥陶甕前的是一個年輕人，不是老板本身。可能已過了晚餐時間，所以店內尚有空位，因此不用等，就可以立即叫餐了。而此次剛好坐在店門邊，可以看清楚煮麵的年輕師傅俐落身手，只見他將燙熟的麵置入小碗中，掐入鮮美蝦湯，並從陶甕裡撈出肉燥，淋在麵上，加上一小撮蒜泥和香菜，最後再添上一小隻蝦子，整個調度程序井然有序，顯是訓練有素，出餐也相當快，所以等候不太久，就可以品嚐到那一小碗的湯麵了。

而坐在這裡，二十多年悄無聲息過去了，激情消淡，年歲漸老，胃口漸小，一碗小小的擔仔麵，吃的是過去的舊情懷，而已經不是色香味的魅惑了。像愛情遠逝後，牽扯的還是那一縷一絲一線的回憶，以及過去如此鍾愛的自己。至於自己從明亮走向了黯淡的歲月，卻是另一個故事了。所以，歲月是不能回望的，不然，總會遇到惆悵和荒涼。

此刻，我突然想起了百年前，許南英和連雅堂也都曾經蹲在竹扁擔的麵攤前，於燈籠光影晃晃的昏暗之下，一邊吃麵，一邊會想到什麼呢？「韶歲淒遲不可追，夢和世事兩相違。風雲過後莫存悔，啖麵隨人笑輕肥」，是啊，韶光易逝，倒頭回看，一切走過的，都成了一場虛世妄妄；因此浮夢如空，渡水月而來的，都不如眼前這一小碗熱燙燙的湯麵啊。

吃完了湯麵，站起身來，發現身後的兩桌，都是家人聚餐。其中一家五口，一對夫妻三個小孩，天倫樂得小孩不斷呱噪，只聽小的對父母投訴說：「媽媽，哥哥說吃麵像吃蚯蚓，好噁心喔！」大的卻笑著回道：「魚才吃蚯蚓！」然後大家都笑成了一團。反而另一桌，一對中年夫婦和一對老年父母，只靜靜地吃麵，彷彿吃著歲月的安好，卻也不談什麼。這一動一靜的景況，在晚上九點多光亮潔淨的店內，讓人覺得小小現世的喧鬧與寂靜，盡全一一活現在此。

待到走出了店門外，抬頭正好看到斜對面矗立在夜色中的臺灣文學館，寂寂於時間空曠的荒野。許多車子從民生綠園圓環繞過，沒有一輛停下，並匆匆消失在另一個方向的夜暗中。而文學館馬薩式厚重的屋頂上空，卻也看不到一枚月亮。我掉過頭來，想起了自己二十多年寫的小詩，知道當時未完成的，現在也沒必要完成了，至於懸宕的詩句，就讓它懸置在那個時空裡就好，有時殘缺，不也是一種人世的美好？

度小月

離開時，我知道度小月門前的燈籠，依舊夜夜都會亮著，在民生綠園圓環的一角，雖然暗暗淡淡的，卻永遠會帶給旅人，一個溫暖和懷舊的方向。

虱目魚丸湯

晨旭早起，暖陽照過窗前對面的屋頂，屋頂下是一座空了的鴿子樓，樓中敞開的籠子寂寂，鴿子已經飛入遙遠的舊夢裡去了。而樓下的巷子有一輛機車穿過，趕著八點之前上班的身影在機車上，衝向了浮光晃漾的前方，很快地，就從巷子轉角的地方消失不見。巷子內人家屋後所栽的花花草草，卻靜靜綠著一日又一日美好的顏色。日常走過，總不經意地忽略了這些巷子的景致，如今從樓上窗口探望下去，才覺得這些花草衍生出了這條巷子的幽深歲月，漫漫長長。

漫長的幽深的歲月總是叫人沉思，由此延長而去的，到底終將抵達什麼地方？只是沉思歸沉思，卻空泛得抵不住現實中的飢餓。而我的胃腸裡似乎有一個計時器，什麼時候吃早餐，什麼時候吃午餐和晚餐，時間一到，就會發出飢餓激素，催促著對食物的思念、祭祀和朝聖的時刻。而在臺南，早餐吃什麼好呢？當然不是花生厚片或蛋餅土司之類的便餐，可選擇的很多啊，如古早味魚丸湯、菜粽，或水仙宮的煎鮫肉圓、虱目魚湯加個小小的肉燥飯、魚肉粥或鹹粥，和碗粿等等。這些都是臺南最令人懷念和充滿元氣的早餐啊。

我記得林瑞明老師在世時，早上很喜歡到永記虱目魚丸吃碗綜合湯，再加上一碟乾冬粉，對他而言，那就是一個美好一日的開始了。有一次，我一早從嘉義搭了自強號回臺南，恰巧就在永記遇到他那熟悉的背影，過去打了聲招呼後，閒聊幾句，就匆匆離開了。老教授大半世浸淫於臺灣史和詩歌創作中，眷戀了一生的土地——臺南，卻以極其庶民的樸實形象，日日以一碗魚丸湯，或乾冬粉，或肉燥飯，餵養著他寫詩和熱愛本土的靈魂，那庶民式的早餐，帶給他多少熱情的元氣呢？當他悄悄地離開後，臺南這塊古老的土地，是否還會記起曾經有一個穿著簡便，白髮蒼蒼的老教授，緩緩騎著腳踏車，穿梭於城南和城西的背影？

然後，我決定讓這個晨早的早餐交給了永記，交給了虱目魚丸。騎著單車出去，從南寧街轉到了南門路，然後轉入府前路，最後左轉進了開山路，就可以看到永記了。不到五分鐘的行程，就站到了八點十六分的魚丸店門前，拿了號碼，排在五個人後面，大致上等待的時間不太久，就可以入座。排隊時，看著坐在料理檯前的幾名顧客，有的叫魚丸湯和肉燥飯，也有的叫魚肚湯、粉蒸和淋了滷汁的油條，但我一眼掃過去，還是綜合湯和肉燥飯是最多人點的餐點。在這裡，完全可以感受到臺南人對早餐的重視，有一桌全家四人，卻叫了差不多一整桌的食物，吃得很澎湃，而且也很專注。畢竟早餐是一日元氣的開始，況且臺南處處美食，不吃好吃飽，也太對不起自己了。

輪到我找位子入座時，心裡早已確定要點的餐類了。叫了肉燥飯和魚丸湯，覺得這樣的早餐，很臺南。臺南晨早的天光，臺南在地的心情，臺南的味覺和對那一湯一飯的期待，像一天伊始的祭祀，總是充滿著虔誠的期望。而永記的肉燥飯，肉燥肥而不膩，含油蔥香，加上一小塊脆瓜，吃起來有點清爽，也可把油膩感去除掉。但最重要還是在於魚丸湯，這是永記的招牌，它能讓許多在地人稱道，就不是一般普通的味道了。

魚丸湯中的材料主要是以魚丸、蝦丸、肉丸，配上半截油條，清清淡淡的湯，浮著青蔥，有點賞心悅目，舀上一口熬過魚骨和豬骨的湯頭，喝著鮮甜而感覺沒有添加任何味素，虱目魚丸Q彈可口，加了點荸薺的蝦丸，則口感爽脆，別有滋味。

魚丸湯和肉燥飯都很合我的脾胃，因此一頓早餐吃下來，就覺得整個清晨的心情也跟著變得美好起來了。

而吃到魚丸，就會想到父親在世時，很喜歡用西刀魚肉打出來的潮州魚丸。魚丸要打到能夠彈起來，才算是真正的佳品，口感也會特別好。而父親由魚蓉所製作的魚丸，多是配粿條湯來煮，煮出來的魚丸湯頭，味道鮮甜，是我們一家的夢中佳餚。或許，長久背井離家的父親，只有在吃到故鄉的食物時，才能慰解他那從小就不曾回到老家的鄉愁吧？也因為過去父親常常自製潮州魚丸的緣故，使到我對魚丸之類的食物，不自覺地會產生一種無以名之的喜好。

因此，大致而言，對某些飲食的嗜好，多少還是會跟家族的飲食習慣具有密切關係的。而味蕾的記憶，總會記錄下過往吃過的食物味道，尤其是小時候常吃的食物，印象會特別深刻，並會由此儲存為味覺印記，以及匯聚成了一種味道情感。而當我把最後的一顆魚丸舀進嘴裡咀嚼時，想起了父親的潮州魚丸，遂有一種滿足感，緩緩地在我心裡泛開……

在料理檯後的中年老板此刻仍忙碌地應付著各種點餐，但依舊笑咪咪，並無任何焦躁之氣。據說老板曾留學美國，後來回鄉承接家業，不以賣魚丸湯為卑下工作，對人和和氣氣，有時候面對熟客還會聊上幾句話。我吃完抬頭看他在百忙中，正跟老顧客歡快地打招呼，突覺得古人說的和氣生財，不無道理。

離開時，店內的顧客依然喧嘩，時光靜靜地坐在店旁角落，看著一批批顧客如流水地來去，工人們送餐忙個不停，並在腳步聲錯雜和欲跨出店門時，瞥眼間，突然看到一個白髮蒼蒼，穿著一衣簡便而樸實的老人，坐在料理檯前的座位上，獨自吃著乾冬粉和一碗綜合魚丸湯，那背影，乍然之間，讓我還以為是林瑞明老師，然而隨即一省，才想起林老師已逝世一年多了。

時光晃晃，在天氣明朗的晨明，隨著我的腳步，一起走出店外，也一起走進了一片明亮而燦爛的陽光裡。

虱目魚丸湯

鱔魚意麵

當夜色喊亮了東門城的燈火時，大東門的圓環車來車往，趕路的人趁著夜色匆匆赴向回家的方向。迎春門的城樓矗立在圓環中間，靜靜看著燈火明晃晃的夜色擴展四方，歲月在這裡流轉而來，然後又流轉而去，只有光影明暗，不斷述說著人世故事的遞嬗與更換。

你騎著單車沿著勝利路一直往前，來到了小圓環的交叉路口，看著迎春門寂寂如二十多年前你第一次看到的情景一樣，然後覺得從記憶深處，你終於找回了過去，以及那一一消失了的自己。於是你把單車停在路旁，沿著圓環走了一圈，車子和機車從你的身邊呼嘯而去，你眼看四方，耳聽八面，想著以前你也曾經如此繞著圓環走了一圈，然後到圓環旁邊的城邊鱔魚麵店去，叫一碟鱔魚意麵，並一個人慢慢咀嚼著自己孤獨的時光。

你似乎享受一個人的孤單，無所拘束，無所牽掛，總是獨來獨往於天地之間，並獨自地走向自己。這一如莊子所說的：「獨往獨來，是謂獨有；獨有之人，是謂至貴」。是啊，自由的至貴，謂為逍遙。你從回憶裡，總是看到大學時期的你，不群不黨，一個人跑步，一個人健身，一個人吃飯，一個人看電影，一個人旅行，彷彿那就是你的生命之道，自然而自在。

但你喜歡寫詩，投稿副刊，刊登了拿到稿費，就會想到東門小圓環旁的城邊鱔魚麵店來。那時一碟鱔魚意麵六十元，平常你是節儉得不敢放任自己的食欲，知道一些欲望一旦養大，就無法收拾了。於是只有稿費寄來時，才會小小犒賞自己一下。你是喜歡鱔魚意麵的，那微微酸甜爽脆的鱔魚配上微酥焦香的鍋燒意麵，總是挑逗著你的味蕾，讓你在麵尚未入口時，就已忍不住大吞口水。而這裡的鱔魚鍋燒意麵分兩類，乾和濕，濕的是淋了糊化的勾芡，使鱔魚和意麵的口感更加順滑，以及更具滋味。你常點濕的鱔魚意麵，讓爽脆清甜的鱔魚入口而仍能觸及那略微焦香的鑊氣。意麵裡摻雜著一些碗豆莢和洋蔥，以及高麗菜，使得香氣裡散發出另一種清新味，與意麵的柔韌Q彈，相配得極好。你總是慢慢地咀嚼，享受著食物在你的舌齒間纏綿的情意，不想那麼快就吃完它，畢竟吃完之後，又要隔一段時間才可能再回來，因此滋味在心，總是不捨。

然而此刻，你又回到了這老地方，老板還是以前的老板，只是已趨中年老成了。你站在料理旁看老板生火爆炒鱔魚，鍋鏟與爐火的拿捏非常精準，那份熟練度，如高手出招，一看就知道厲害之處在哪裡了。然後抬頭看了一下價位，啊，鱔魚意麵一碟一百一十元，二十五年前後，足足漲了將近一倍。你有點咋舌於價錢之高，超乎了想像。而乾炒鱔魚則是兩百四十元，不放芶芡的乾炒鱔魚意麵卻是一百七十元，於是你趕忙叫了一碟濕的鱔魚意麵，顯現了你節儉的本色，與二十多年前的你並無兩樣。

環顧店內環境，明潔乾淨，你選了角落旁的一個座位坐下，左旁不知是一對年輕情侶或朋友，吃完麵後仍留在位子前絮絮私語，右側斜對面則是一對老夫婦在等餐點來時的沉默相對。如此強烈對照的畫面，展示了人生的某種意涵，也讓你頓覺有趣之極。再回頭看到自己孤影一個，突感這有趣裡頭又顯現了某種無法意味的荒涼，彷彿處處人世場景，都有各自不同的故事。

當鱔魚意麵上桌時，熱騰騰的意麵，翻雜著洋蔥、辣椒、爆香蒜頭和芶芡的醬汁料理，酸甜甘辣中鱔魚的爽脆，不也就像人生際遇地可以細細咀嚼？你突然記起了東門有一家掛著青色店招，寫著大大五個字「炒鱔魚專家」的鱔魚麵店來，那老板因長期駝著身子煮炒，也把背給炒駝了。身背雖駝了，但他炒鱔魚時卻特講究大火爆炒，因此常見火焰從鍋中騰起，蓬蓬燃亮了漆黑眼眸，如在表演一場鍋火的祭祀，煞是好看。你曾去吃過一、兩次，有時站在旁邊看他煮炒，卻也感覺自己就像那鍋火中的鱔魚麵，經過火煉的煎熬後，逐漸生有了一分世事滄桑的鑊氣焦香。

是啊，火候十足的鍋氣焦香，是鱔魚意麵的絕頂味道，那種滋味要恰到好處，增減一分都不行，這就是煮炒這道美食的絕招。所以當你舉箸夾起鱔魚肉段，沾著微酸微甜芶芡羹汁，送進口中時，突而感覺，那二十多年前的你，忍不住啊的一聲，

鱔魚意麵

從記憶裡完全甦醒了過來，正期待鱔魚意麵的香味，喚起那些更遙遠的故事來……

店外的夜色在圓環處五光十色得燦爛，店內料理處的鋼鍋卻依舊蒸氣騰騰，然後消散於燈光之下，二十多年就這樣過去了。你與記憶中的你，吃完了碟中意麵後，滿足地終於相視而笑了起來，卻只留著椅下的影子，靜靜地，久久，還不肯離座而去。

牛肉湯

我家是不吃牛肉的。

不知是因為家裡的人憐憫於牛之耕作的勞苦，或因牠是溫馴的動物，還是因為信仰佛教的因素。反正記憶中從小就未曾在家庭盤餐上見過跟牛肉有關的食物。父母不吃，家裡孩子們也就養成了一種不吃牛肉的習慣。

然而因為住在小鎮中，左右鄰居都是以馬來族群為主，他們過年過節，總是要宰牛烹羊為樂，尤其是每到穆斯林的哈芝節（عيد الأضحى 'Eid Ul-Adha），或稱宰牲節（Hari Raya Korban），總見他們群聚於清真寺，每每在完成大會禮祭之後，就開始宰殺牛隻，並依據經訓將牛肉餽贈給親友和窮苦教徒。而我曾經某次偷偷在清真寺外看過屠宰牛隻的過程，只見幾個孔武有力的馬來青年，緊緊將綑綁的牛按倒在地，一些人則在旁邊圍觀，然後由一位哈芝用可蘭經禱告，隨即其中一人遮上了牛眼，此刻一柄銳利的刀刃迅速地划過了牛頸，將血管、氣管和食管割斷，殷紅鮮血激噴而出，牛隻痛苦地掙扎、扭擂，顫抖、蹬踢和嘶嘶哞叫，看得我心驚膽戰，逃之夭夭。至於更殘酷的排血、割肉剔骨的場面，就不是我幼小心靈所能想像得了的了。

從此每遇牛肉，我都會想起馬來族群在清真寺宰牲節的那一幕血腥畫面，因此有好一陣子，我都不敢吃牛和羊之肉，即使馬來牛肉咖哩多麼芬香，多麼引誘味蕾，但想到那隻牛臨終前慈馴哀傷的眼神，就總是不敢貪一時口欲之快，而引來心之罪惡的譴責。

一直要過很多很多年後，那慘然的宰牛景象消退了，某次友人約去吃馬來傳統咖哩餐飯，桌上有一鍋牛肉湯品，我那時不知究裡，舀了一碗來喝，湯頭酸辣適宜，味美而鮮，後來才知那是由牛肉熬成的湯料，從此破了戒，可是也因如此，再見牛肉時，吃與不吃，彷彿也就無所謂了。

雖則如此，但能少沾食牛肉還是盡量少吃，或不吃；可是有時與人一起吃飯，飯友間點了牛肉雜拌，則在禮儀上，不得不挾上一、兩口，以示尊重。尤其來了臺南之後，知道此處牛肉湯極之受落，已成臺南美食榜上首選，如海安路的六千牛肉，經常大排長龍，或石精臼、阿堂、康樂街、府城、西羅殿、阿村和永樂等，隨便數一數，都有近兩百家的牛肉湯店，只是我聽後卻久久沒有任何行動，畢竟牛肉不是我的鍾愛，因此聞此美食如風之過耳，不留半點欲念痕跡。更不去追蹤哪一家牛肉湯店是此中絕冠，哪一家又是店前盈客，或許問一問在地的臺南人，他們都會有各自不同的答案。

及至前幾天友人從臺北下來，遊了赤崁樓後，指名要吃碗牛肉湯解饞，因此不得不奉命陪君子，選了人客較少的府城牛肉湯。在炎熱的夏日下，躲入了空間不太急促的空調餐室，吹吹冷氣，或許才是我的目的。但友人對牛肉興趣很高，叫了一碗牛肉湯、一盤葱爆炒牛肉、一碟滷牛筋和牛肉燥飯，頗有「牛食」之慨。我做冷眼旁觀之姿，只叫一碗牛肉湯湊興，算是應付了場面。

飯前與老板娘閒聊，大致瞭解牛肉湯的牛肉是取自鮮嫩多汁的乳牛，肉源主要是從善化肉品市場買的，那裡有傳統牛墟，平常都是清晨現宰溫體牛，以確保牛肉的新鮮度。每家牛肉湯店所購入的牛肉部位差別不大，但煮法和火候拿捏，則是看各家展現了。我稍微觀察了一下老板燙涮牛肉的手藝，只見他將用牛骨、蔬菜、蘋果、玉米和胡蘿蔔等熬了十多小時滾燙的湯頭，倒入了碗中，然後把切薄的牛肉片放入湯內，並用湯匙攪翻幾下，約使肉片八、九分熟，鮮美肉汁仍留在肉紋之間，再舀上一小口溫湯，讓湯頭熱度不將牛肉燙得熟老，即刻也就可以端上客桌了。

我看猶帶著粉紅鮮嫩的牛肉片在湯中均勻燙開，舉匙喝了一口湯，並挾著一片牛肉，沾著薑絲和醬油膏，放入口中慢慢咬嚼，頓覺肉片鮮嫩度正好，湯頭也甘醇，味道不錯。至於跟其他牛肉湯店比，則就無從比較起來了，畢竟牛肉湯我吃得少，更何況，每個人得對牛肉湯的味覺接受度，都稍有不同，因此實難評比出個高低來。然而，食物只要覺得好吃，那就夠了。

反觀友人叫來的牛肉燥飯，雜碎的牛肉燥連著筋，和滷汁淋在白飯上，攪拌後，使的白飯粒粒油膩晶瑩，只見他如狂風掃落葉，只四、五口，就把一小碗牛肉燥飯配著一碟蔥爆炒牛肉掃個清光，然後才來享受牛肉湯，以及滷牛筋。看他吃得痛快，而且意猶未盡的，仿似此刻他的腹中一整頭牛也可以吃得下。我看他吃完抹了抹嘴上的油光，忽然感覺，那滿足感是我筆下所無法形容得了，卻只牢牢記得他飽餐後那一抹暢快的笑容。

待走出店外時，府前路的陽光依舊燦爛，我與友人急急穿過廊道，身後府城牛肉湯料理檯前的一排菜單招牌：牛腩湯、牛雜湯、牛肝湯、滷牛腱、滷牛肚、牛肉膾飯……讓我想起了小時候宰牲節那隻黃牛臨終前痛苦而悲哀的眼神……

牛肉湯

鍋燒意麵

今晚到小豆豆吃鍋燒意麵？

那似乎是一種鄉愁的召喚。雖然我們的故鄉不在臺南，但那鍋燒意麵上的香氣和熱氣，常常氳氤成了我們情感上揮之不去的依戀，像依戀著時光的青春笑貌，讓愛煥發成燈光下明亮的語言，隨著意麵相互糾纏的情意，魚板、飽滿的蚵和鮮美的蝦，加上一顆蛋，就那麼快樂地滿足了我們對食物所有的欲望了。

那時的大學生活，青春正好。愛情常常在眉眼間閃爍流盪，一些攜手過的故事，清純得宛若九〇年代初尚未被風吹走的民歌。我們在臺南蔚藍的天空底下走過，習慣了緩緩騎著單車，四處閒逛。有時進入了南門路，就會穿梭於古蹟與古蹟之間，閱讀歷史歲月留在那些廟宇和城牆上斑駁的痕跡。時日悠長、閑散，穿過臺南的巷道，放飛的日子，慢慢貼地，也走成了一種緩慢的尋常。

而時光細碎，光影瀰漫，一路走去，不知為什麼，我們總是會踅入南門公園右側，那沒有招牌的小豆豆鍋燒意麵店中，在許多食物的類別裡，獨選那湯頭鮮甜的鍋燒意麵，彷彿那被古老歲月熬出的湯汁，都藏存著絲絲縷綣綿長的情意。也或許是店中的氣氛吧？燈光幽幽，散落一地，在雜眾的喧語中，有兩個影子默默相對，而使記憶和食物，添加了更深情的眷戀。

後來我們也吃了臺南的許多小吃，棺材板、魠魠魚羹、鹹粥、碗粿、蚵仔米線、虱目魚湯、米糕等等，最後還是常常繞回小豆豆去，尋找一種習慣和熟悉的味道，點了鍋燒意麵，讓那鋼碗上，蒸騰的熱氣，溫暖著我們在異鄉的情緒。

或許那時我們都在寫詩吧，文青地把小豆豆當著是繆思聚談的地方，有愛情陪伴，也就有了詩和文學的故事，有了做夢的方向。有時我們就靠在玻璃窗旁的座位，看著窗外隔著馬路的南門公園，一樹鳳凰花在六月的天空下，繁盛地開出了纍纍火紅的花朵，像火海一般，燃亮了我們的眼眸；偶爾隱約中也會聽到蟬聲，似有若無地從公園中叫起，落下成一地流散的光影，明明滅滅，全都被收藏到了我們深深的記憶裡面了。

後來我們離開了臺南，一個夏天的愛情故事就這樣分散了，一切總是那麼雲淡風輕，日子慢慢走遠了，也慢慢就走成了遺忘。

有時遠在臺北吃到巷弄中小店的鍋燒意麵，我會突然想起在臺南走過的路，想起南門路上單車揿亮的鈴聲，也想起小豆豆店裡熱氣騰騰的鍋燒意麵，以及詩裡走散了的一個人。那些時光，遂成了青春歲月的鄉愁，裊裊升起，並在回憶裡，瀰漫成了一片煙霧……

再次回到臺南，卻已是二十三年後的今天。雲煙散去，雲煙重聚。朋友晚上卻來電，問起有什麼想吃的臺南美食？我想了想，最後回了他：

今晚就到小豆豆吃鍋燒意麵吧。

鍋燒意麵

虱目魚羹

許多年前的學生時代，在成大，時常囊中羞澀，因此對飲食衣著奉行極簡，平常三餐，能在學校食堂解決的，就很少溜到外面去品嚐美食解饞，有時聽同學談起，某某餐廳某某食物風味極佳，不去吃就太可惜了，總會點頭應說好啊好啊，結果好啊好啊只是空好音，清貧常常扼殺了對味道的無限想像力，減低了對食物好不好吃的辨別，同時也影響了行動範圍的遠近。可是在當時而言，一碗三、四十元的虱目魚羹，還是吃得起的。

因此偶爾在周末，從城南到城西騎著單車穿街過巷亂逛一通後，到了臨近晚餐時辰，單車自然而然地，會轉到了保安路，就是單挑阿鳳虱目魚羹的店招而來，吃那當時只一碗三十元的虱目魚羹。當然，在臺南隨便逛，都可以見到許多羹湯類的小吃，不論是土托魚羹、鴨肉羹、香菇肉羹或魷魚羹等等，這些煮成羹湯上的魚漿或肉漿，在寒天時做為暖胃的小吃，是最適合不過了。我喜歡這類調味了勾芡的羹湯，尤其再灑下幾滴烏醋，味道更好。

來保安路，有三家賣魚羹著名的老店，一個是賣旗魚羹的「下大道」，另一家是賣土魠魚羹的「阿川」，至於另一家就是「阿鳳」了。阿鳳的虱目魚羹，是以虱目魚肉捏打成魚漿，魚漿內也包裹著肥美的魚肚肉，因沒加上任何色料，所以虱目魚白肉原色，置入羹湯鍋中，煮熟了就會浮現出來。所以也被稱作浮水虱目魚羹。羹湯吃起來清甜可口，羹肉加上內餡的碎魚肉，入口鮮美，嚼感也甚佳。尤其羹上放了一些薑絲和香菜，不只提味，吃起來也爽口。

那時的臺南遊客還不這麼多，寧靜安好，坐在露天的桌前，可以一邊吃魚羹，一邊看來來往往的路人和車子，感覺時間如流水一般過去了又過去，春日時，暖陽照落衣肩上，輕輕地撥落下來，都是一身亮眼的光陰。

但光陰易逝，再眨眼間回到臺南，二十多年匆匆已去如逝水，留下的都是殘黃的記憶，在湮遠的回望中，充滿了許多感傷。但幸好阿鳳還在，還可以讓我重回到過去的場景，緬懷在這裡吃過一碗碗虱目魚羹的曾經。雖然情懷老了，但回憶依舊年少，一路走過的塵埃起起落落，或一路又一路走過了許多路程之後，再回頭，發現自己來過的老店還在，吃過的食物也還在，感覺上，就是一種歲月的無限美好了。

傍晚時，我從中西區的新光三越走過來，因剛下過一場小雨，所以路上濕漉漉，穿過永華和海安路一段，不到十分鐘，就看到阿鳳斜對面的阿明豬心冬粉店外，排著長龍的人潮隊伍。反而阿鳳店外露天桌椅，尚有幾個空位。因為不是周末，遊客較少，所以安坐自在。同樣的在露天桌前，雨後的空氣清涼，夏天的燥熱一掃而去，只見料理檯後的老板，忙著以大杓從羹湯桶內舀出一碗碗的虱目魚羹，有些加了米粉或黃麵，湯上放了嫩薑絲和香菜段子，以及烏醋，捧過來的碗裡黃白青綠分明，賞心悅目。

顧客們各據位置靜靜地吃著魚羹，時間依舊流淌而去，車子依舊呼嘯往來，行人依舊悄悄走過，二十多年前和二十多年後的保安路，變化不太大，只是比以前熱鬧了一些，人間燈火處，都有煙塵的浮沉與紛飛啊。我用湯匙舀起魚羹，入口時，頓覺湯鮮味美，魚漿鮮宜，畢竟老味道還是老味道，一點都不變，雖然老板早已變得髮蒼蒼而不復從前的年輕了。

我舌尖上的味蕾試圖從魚羹裡去捕捉過去的記憶，那些風過雲過，愛過恨過所磨鈍了的味覺情感，漸漸吃出了雲淡風輕的人世味道。是啊，一路走來，那些累積和沉澱了的故事，會逐漸分辨出酸甜苦辣的好壞，以及悲歡的況味來。

我細細咀嚼著，只覺清宜爽口的羹湯，酸甜的烏醋，以及帶點辣味的辣椒粉，逐漸在舌間擴散，這也喚起了我二十多年前在大學的那一段日子，青春正好，除了時間之外，就一無所有了。但也因為擁有了時間，才讓自己無懼無畏地往前路走去，不怕跌倒和悲傷。然而到如今，過甜和過鹹，都已經不適合了，只有清淡，才能安心和安身，如眼前這碗小小的虱目魚羹，入口即化，不需要太多負擔。

吃完付錢，才發現這二十多年來，一碗魚羹的價錢已漲了一倍，一如我的年齡。只是舌尖味蕾依然還能夠記起虱目魚羹的老味道，而我，卻再也喚不回來青春笑貌和鷹揚的理想。都說了，「世事滄桑盡，雲煙夢幾重。歸來雖未老，難遣舊情濃」，因緣流轉，舊地重遊，到最後，就只剩下些些感傷和惆悵了。

虱目魚羹

我沿著保安路慢慢走回去，光影離散，把我身後的影子，與夜色一起拉得很長，很長……

蝦捲

第一次到安平，為的是去吃蝦捲。

感覺好像是騎了很久的機車，實際上路程並不遠，從成大光復校區到安平，也只不過是二十分鐘的路程。而到了老街，遊完了一些傳統老建築屋，然後踅進了安平古堡逛了一圈，就尋著路去找周氏蝦捲。畢竟是老字號，在那個沒有手機的年代，其實不難找到店門位置，更何況安平也並不大，繞完一圈也不需要一個小時。因此順著老街走，穿進了小巷，再從觀音街的巷弄走了出來，就在斜對面的安平路上看到了周氏蝦捲老店了。

初次吃到蝦捲，總感覺跟我家鄉東海岸一帶的 kerepot gote（魚捲）頗像，馬來小販在沿海地帶，都會販售這一類小吃，味美價廉，五條不到馬幣兩元（臺幣十五元）。那是一種沙莪粉（sago flour）混雜著魚蓉，揉成一條條如柱形的魚捲，再用蒸籠把它蒸熟，熟透的魚捲灰白灰白，即可沾著特製的甜辣醬吃，魚味濃重，可口好吃。但也有的把它再油炸，炸成黃金色的炸魚捲，並切成片，趁熱沾著醬吃，味道更佳。那是我們兒時解饞的鄉土小吃，吃完之後，在小棚之下，吹著海風，喝上一顆清涼的椰水，退退熱氣，就很滿足了。

因此，在周氏老店內看到蝦捲時，倒是讓我不由自主地想到了故鄉的魚捲。歲月流淌，往事如昨，紛呈而去還留的，都是一些美好滋味的記憶。蝦捲金黃酥脆，餡料鮮甜，有蝦肉和豬肉渣，沾上哇沙比醬，味道不錯，但前提是必須剛炸出來熱騰騰時吃，一冷涼，整個外皮冷硬，滋味也走掉了。店內除了蝦捲，也賣擔仔麵湯、滷肉飯、魚丸湯、炸花枝丸、肉粽和竹葉米糕等等，但對我而言，蝦捲才是我來此的目的。

安平一帶賣蝦捲的不少，甚至路邊攤也可見到，但唯有周氏因為始創，且歷史悠久，悠悠時間沉澱之下的味道，自有其獨特的滋味，加上名聲遠傳，因此來安平，不到周氏老店吃蝦捲，總是有所缺憾。那時光陰，悄悄走過了記憶的角落，等到我重新再挖掘出來時，卻已經是二十五年後的今天了。

今日重回安平，風雨初歇，安平古堡上的天氣陰沉，雲壓得有點低，因此歷史的眼睛只能往內踱步，轉進了博物館中瀏覽一些史料與文物，從「情境重現」、「固若金湯」、「官署故事」到「片鱗半爪」四個展示廳一路走過，像是走過了四百年臺灣的故事，熱蘭遮城在往昔出現後消失，海化為田，沙吹成風，然後一列海岸逐漸建起了高樓大廈，再走過去，十五分鐘，時間紛紛從身後退去，流遠，而終於走到了二〇二〇年九月十六日下午四點零三十八分的出口。下過雨的博物館外，地面一片潮濕，我沿梯而下，在微風裡，突然想到了蝦捲，想到很久沒吃到周氏蝦捲了。那味道，又縈迴到味蕾記憶之上，並催促著我，一步步地往周氏老店的方向走去。

來到周氏蝦捲老店，卻發現店面擴大並煥然一新，內部設計如麥當勞快餐店的景象，過去傳統老店的面貌已經消失在窗明桌淨的視覺裡。這也是現代資本主義的另一種面貌，把老舊的東西，如變魔術般，轉換成了現代的商業視窗，在快速、簡便、大量烹煮和普遍的特質下，將傳統的一些慢食和人情味都替代掉了。我走進去，像叫快餐那樣叫了一碗蝦丸湯和炸蝦捲，然後嘗試想從食物裡找回過去的美好味道和記憶，最後在放下筷子和湯匙之後，卻覺得從舌尖上所傳達出的味覺訊息，彷彿失去了一些什麼。

而那所謂的「一些什麼」，或許就是時光所累積下來的老味道吧？還有小吃店的環境氛圍，那種懷舊情懷不見了，時光走遠，也一起帶走了所有的味道記憶。

當我走出了店門之外，淡淡薄暮已經籠罩了四周，安平四處燈火亮起，小巷人家，依舊沉靜地安據在這片古老的土地上，慢慢地沉浸在這暮色之中，世世代代，淡定而安詳……

蝦捲

第四輯　一路走過的背影

半日夏

人客來坐啊，進來坐。

夏天的陽光也進來坐，蟬聲也一起進來坐坐啊。

而這裡是白雲在湛藍天空上四處迌迌的臺南，七月夏，日頭赤赤，流火在巷子內外，照出的光影明暗，卻也清亮得透透徹徹。那些春日走過的跫音，早已在巷弄的尾端，消失了蹤跡。

七月，一路燒完整個初夏火紅焰燄的鳳凰花早已凋落，但蒼蒼鬱鬱的樹葉，仍然如常地灑落成滿地細碎陰影，在風裡閃爍著零落亮光，看久了，卻感覺那也是一種南方美麗的風景。

你可以想像自己就站在那片風景裡面，抬頭，靜靜看著遠方的另一處風景，像在成大的榕園前，或安平古堡的入口處，看風吹過鳳凰木微微騷動的綠葉，有一種無言的歡騰，搔動著一首詩，歡愉地讓你也想把自己寫進詩裡，靜靜站成一棵樹，靜靜地，站成臺南的一小片風景。

因此，念頭一起，你於是毫不考慮地買了一張火車票，把所有的煩惱都擱在臺北，然後隻身到了臺南來。從後火車站口出來後，你似乎可以用記憶去丈量你與榕園的距離，啊，那距離竟是整整的一年夏啊。

去年你不小心地把拍下的照片都清洗掉了。鳳凰木、榕樹、校園的鐘聲、小西門的城牆，和小孩子在草場上奔跑的聲音，也包括你自己站在樹下的風景。全都清洗掉了。因此，你總是希望回到了舊地，再次地與去年的自己重新相遇。

踅到榕園來時，蟬的叫聲把五點的陽光都叫得哀弱了下來，你穿過了成功湖畔，看到去年的你，就站在鳳凰樹下，似乎在張望什麼。是不是在回憶二十年前的你，正從課室裡走出來，沿著榕園的路徑，走回光復的宿舍？或是一路又一路地目送女友，騎著單車，從轉角處明亮的陽光裡，消失不見？

你並不想打擾去年的你，只沿著榕園繞了一圈，看著那棵茂鬱的老榕樹還在，樹冠如蓋，護住了你在這裡的所有回憶，並且深深感覺，一切尚未消失的，都是美好。

然後你寄了一封簡訊，給遠方的朋友說：「我現在在榕園啊，回來尋找過去消失的自己。」朋友回了一個無聲的讚，卻不多言語。

接著你又想到了夕陽沉落的安平古堡，似乎那麼遙遠，又似乎那麼鄰近，彷彿昨天你剛剛去過一般。老街、古堡、殘牆和老藤攀緣的歷史，總是讓你覺得站在古老時間面前的常與無常，以及渺小。於是，你叫了計程車，車程不到二十分鐘，你很快就站到了六點十二分的古堡入口處了。

此刻，遊客稀少。入口處兩旁的鳳凰木，樹葉被風吹得簌簌作響。你買了門票走了進去，感覺，四百年前熱蘭遮城的古老故事，應該也沒有多少人再記起了吧？你搖了搖頭，入到了堡內時，又見到了去年的你，站在一面殘缺而粗礪的古牆之下，似乎在沉思著，牆上百年的老榕盤根，到底是以怎麼樣頑強的生命力，才能交織出那一分歲月的無限滄桑？或是想起二十年前，與女友站在老牆下叫人拍攝而曝了光的照片？那茫茫光亮，把女友的臉閃曝成了一片虛無。而如今，你似乎再也無法記起女友的樣貌了。

時間悄悄流轉而去，你也靜靜地，繞過了老牆，然後拾階而上小砲臺，並在階上看到一朵朵的緬梔白花，被風吹得萎靡於一地。是的，一地的白花，就像一地蒼白的屍體。你避過了那被時間摧殘與生命殘虐中的花朵，而站到了臺上來，且抬眼四望，只見璀璨的夕陽西沉，霞光淡淡散落天邊，漫漫百年如是，逐漸的將四周曠野，照出了一片蒼蒼茫茫。

你在臺上佇立良久，直到暮色漸漸沉落下來，燈火亮起，你才離開。而堡內樹上如潮的蟬聲，卻一直把你追到安平老街上去。而老街，依舊保持著去年的風景，並沒有太大變化。你慢慢走著，當走過一間蝦捲店時，依稀還聽到去年的女店員的叫喊聲：人客，來坐啊，進來坐啊！

而現在，你不是人客，只是過客，匆匆地，在燈火中一路又一路地走過。

公園裡的暮景

暮色逐漸垂落，公園四周燈火逐漸亮起，我沿著夏林路一路走過去，公園前的一整排大王椰樹高高地把垂落的暮色撐起，撐起了一片雲淡天高。我抬頭仰望，雲空寂寂，遼闊如垂天之翼，罩向城南四方。而垂下視線時，卻只見路上車來車往，塵囂飛揚，無聲無息地散落四處。

我定著心情計算著步伐，一步一步地走到了水萍塭公園入口處。穿過公園的石柱拱門，只見綠樹迎人，走道分左右而開，中間往前是一個小廣場，我從左邊走過去，看到七、八個老婦放著音樂在跳健康舞，燈光幽幽照落在她們的身上，光影遊移晃動，或在節拍上快樂地跳躍，並隨著她們的舞姿一屈膝、一踢腳、一扭腰、一搖頭、一拍手而灑落了一地。一地明暗的流離。我隨著舞曲往前走去，歌聲渺渺，在後面跟來，一直到了獅子亭邊，才遊散而去。

我站在獅子亭前，看著亭內有一個老人曲弓著身子，坐在一張白色的塑膠椅上，戴著舌鴨帽，臉部在亭中的幽黯處看不太清楚，且埋入了深深的暗黑時間裡，只有從帽底露出來的白髮，顯現了一分生命倔強的不屈。而他的身子單薄，弓著歲月難以言喻的沉重，我似乎可以從他的背影讀出了一些什麼，但卻故意地將自己的思緒繞了開去，彷似不想去猜測那孤單身影所可能透露出來的隱密訊息。

我看不到老人臉上的皺紋，那些生活風雨所雕琢出來的痕跡，以及情感世界的迷圖，都被隱藏在暮色的暗黑裡了。老人就這麼弓曲著，把自己蜷縮在自己寧靜的世界中，也不在乎走道上步行和慢跑的人，似乎那世界離他很遠很遠。只有腳下脫下來的拖鞋，孤零零地陳述了一分難言的滄桑。那些走過的日子和道路，也全都被隱藏在被磨損的鞋跟底下了。拖鞋卻如此卑微地守在主人的腳邊，隨時等待著他的召喚和驅使。

我站在亭外注視著老人蜷縮的身影，一種孤獨感突然襲上心頭，自也不由然地想到了人間的遺棄，老無所依的荒涼。像以前所看過的一部電影《老人日記》，退休老科學家在孤寂的人生尾端，拼貼了所有記憶中的往事，努力地想從名利追逐中擁抱住輝煌，可是最後，卻在輝煌的支離破碎裡遇到了幻滅的病老。因此在日記中，老人實際上並無法回答自己在生命裡所存在的一分荒謬感：孜孜一生所追逐到的，卻是一片了了的空無。

而暮年老去，許多老人們是不是都會突然發現，自己竟然成了在這世界中的一個無用之人？最後只能讓荒渡的時間吞滅掉無聲的自己？我看著老人在亭中嶽然不動的身姿，知道存在於艱難裡一些難解的答案。歡鬧之後冷寂的疊影，如此沉重地壓到了我的心中。身前身後，暮色幽幽，卻讓人看不清楚眼前的去路了。我將視線往左移，突然看到右邊石柱旁置放了一個手提袋，袋子上面，又疊放了一個透明塑膠袋。我隱然看到袋中收放著衣物，彷彿這就是老人的所有家當了。所以，這亭子就是老人長駐之地？或只是一個暫時的停留之處？

我閱讀不到老人深埋在暮色中的眼睛，那眼角魚尾紋張結的紋路，應該是網住了許多不為人知的故事吧？我從亭邊走過，正與老人側過來的臉面相覷，只見他的臉色淡然空洞，沒有任何被驚擾的表情，仿似遭遇陌生人已慣，對於好奇的目光，也無視存在，安然地耽溺在自我的世界裡。

此刻的暮色垂落得更低更低，把亭外四周的樟樹攏成了暗影重疊，行道旁路燈照不到的地方，夜色已經深深侵入成了一片暗黑叢林。亭子對面不遠處，兒童遊樂場上的父母扶著孩子溜滑梯，或推著鳥巢鞦韆晃盪，孩子歡樂的笑聲響亮揚起，並在燈光明澈中散開。這與亭子內老人陰暗而孤寂的身影，形成了強烈的對比。我繞到了老人的身後，用手機悄悄拍了一張照，然後退出了亭外，卻看到亭間紅色樑柱上金漆的聯對：「獅兄弟修亭種樹澤百世，子孫們飲水思源傳千年。」文字一個個在空中飄浮，虛幻得讓人不知所措。

我繼續往前路走去，行道上有慢跑的人越過了我，而我有時候也大步地越過了一些慢遊而行的人。公園內，大家都為了抵禦身體的逐漸老去，而不斷鍛鍊著自己的肉身，讓健康能夠隨著活動筋骨而保固持長。慢跑和行走的，大部分都是中年與老年人，在暮色裡三三兩兩地不斷繞著公園轉，宛若從這一圈圈繞轉中，就可以把衰老遠遠地拋落身後。

而我知道，即使跑得再快的人，永遠都是跑不過時間的。所以有時我老是漫不經心，從容不迫地彳亍而行，因為知道在人世行走，只能用自己最熟練的節奏，才能走出一條自己的道路來。至於時間，就讓它潺潺如流而過吧。

走到人工湖旁，在路燈之下的石凳上，我看到了一個老人疲憊地坐在那裡，蓬亂的蒼蒼白髮，面對湖面的燈影粼粼，仿似在面對著自己一生的命運。而在光影明暗裡，只見老人木然地坐著，旁邊擱著一輛腳踏車，車後鐵架置放了一些衣物寢具，衣著邋遢，皺褶的袖口敘述了生命的無為和無居定性。我走過時，可以感覺他衰老肉體的哀涼，時間盤據成繭，囚他以夜的荒漠。我知道他必然是在不斷遷移中照見了自己的卑微，在這城市的角落，在這公園的邊緣，以石板凳為床，以天雲為被，似乎是他身為遊民的一種宿命與自我棄絕的存在方式。

我不敢直視他的身影，感覺那裡頭有許多我不忍卒讀的歲月。而人間離散、孤老、衰弱和失落，原本就是無法與人訴說得了的。我大步跨了過去，身後孤寂的人影已成了眼角的一抹流光，被拋落在視覺記憶的尾端了。眼前的行道，依舊延伸下去，讓人不得不繼續放開腳步，一步一步地往前走去。

往前走去，沒有抵達之境，直到死亡。這是Alain Badiou說的。而肉身繼續在逐漸鬆弛之中前進，世界也仍繼續在昏暗裡緩慢前行，一切的一切，都在走向那神秘而無可知的召喚；是的，都在，都在走著的路上。我隨著許多人走過的行道，穿過了暮色與燈光，在時間的光影明暗裡穿行，旁邊樹與樹相牽，疏離與密集，在一片暗寂裡，都靜靜隱藏著各自存在的位置與目的。

其實對於老，對於生命與死亡，我仍然無法看懂與穿透。或許，人必須要走到那個階段，才能瞭然於歲月所給予的餽贈，也甚或懵懂無知於存有的真實與虛幻。地球在我的腳下無聲旋轉，夜鷺掠過樹枝，飛向了湖邊的草叢，並消失在樹影之後。萬物都各有其所，或在時間的隙縫裡，安靜地擁抱著自己的世界。

我仍隨著自己行走的節奏，携著影子一直往前而去。

此刻，計步器上顯示著四千兩百五十一步，數目隨著步伐移動而不斷跳躍地往上增加，像心跳的頻率，呈現著運動中的存在意義。走到某個交叉處口，卻見草坪邊有兩名老人正坐在棋盤前下象棋，路燈濛暗地把他們專注的身姿投影在地。兩方凝神屏息，周遭皆寂。而一子在手，江山在握，我趨向前去，彷彿看到了他們在對弈中的一點點求勝之心。六、七十歲的心境，仍然在馬六進三、車九平六、馬六進五、車六進一、車一進九的謀略裡，企圖贏下對手一局。

我喜歡看老人們在公園下棋，有些人清朗得雲淡風輕；有些人談笑隨意；更有些，卻狠招盡出，子子殺著，不留餘地。因此在棋盤前，性格不會由於老去而有多大變化，生命的姿態，也在拈子與落子之間顯露無遺。雖然勝負輸贏只是過眼之事，老來閒餘，布棋擺陣，大多只為了活躍腦筋和娛樂而已，但有時候心隨棋局衝鋒陷陣而一時忘我，得失心大也就不免彼此傷情了。

而眼前的兩位棋老，雖然神情凝定且淡若沉靜，可是我仍能從他們的棋路裡看到了狠、快與準。殺棋一步到位，絕不拖泥帶水，因此在一番廝殺之後，勝負很快分明，兩位老人笑了一笑說：再來。而我卻退出了圍觀之外，緩緩踏著燈光與暮色，一步步繞回到了小廣場上去。

廣場上的老婦們仍在跳著健康舞，伴著One way ticket的歌曲，舞步輕盈踏碎了一片秋氣凝重的暮色。七點公園的一角，也因為健康舞的歌曲而使得空氣浮盪與喧騰起來，夜色更因舞姿擺動而變得更熱情和更加年輕。老婦們跳得起勁，忘了年歲已經走到了髮茨凜凜的雪色之初，在單程車票旋律的踏步間，盡情扭動腰身，並企圖由此向時間掙回一點點早已消失的青春本色。

我一時看得興起，也加入了她們的舞團中，且在音樂的律動裡，儘量將身體放得柔軟，慢慢地舞動起來……舞動起來，並讓身體伸張，將暮色旋入了更黑更暗的夜景之中，旋入單程路上，歲月無可返回的深淵裡，進而微微感到全身肌肉逐漸地放鬆，靜定，並且慢慢地，慢慢地也與她們的舞姿、節奏，以及蒼茫夜色渾然融成了一體……

公園的暮景

雜錦

1

被敲入黑暗的釘子，仍感受到頭部被鐵鎚錘擊的暴力，巨大灼痛，讓一波接一波深淵式的衝擊，擊進了空洞的漆黑裡。釘子尖銳的芒光，狠狠刺向了虛無，卻又深深感受著木紋因尖銳地穿透，而不斷扭曲的疼痛。

黑暗是存在的，黑暗也不存在。

釘子銳利的鋒芒被埋入無邊的黑暗之中，在存在與不存在裡，見證著一種陷落的虛空。並且——

意識到自己是釘子，必須以尖銳回應存在的問題，直到鏽斑侵蝕堅硬的心，才會逐漸與黑暗凝固，靜靜，永合為一。

2

一種致遠，寧靜。

在你的心裡，有松鼠躍過清晨七點的上方，無人行過的小徑，霧剛剛離去，只留下清澈的天空，清澈的，如蔚藍的鏡子，你就坐在裡面。

安靜地，坐在裡面，看自己的影子趺坐，與你相對。

於是，你掏出心、眼、耳、鼻、舌，重新清洗，把自己清洗成了一個嬰兒，並以清明的眼，觀看這個世界。

世界就在你的心裡，獨自遼闊。

你笑了笑，閉眼。

然後把自己摺起，輕輕地放進夢裡，成了一種存在的隱喻。

3

每一個寫下的字，就像你伸展出各種姿態的身體。你讓它們學習柔軟，學習變化，學習在人情世故裡，如何去探測人心的眼睛。

字的眼睛，要懂得看雲成雨，看風成原，看山成為綠色滿林的風景。

就像詩在萬物裡簽名，一筆一劃，都有天地的聲色，都有雷電的釜鳴。

都有山柔水媚的風情，萬種。

並能輕輕晃漾出情感的漣漪，一圈又一圈的，就只為了尋找，那千千萬萬人

裡，唯一的知音。

4

光明找不到黑暗，黑暗也找不到光明，只有眼睛找到了眼睛。

然而有光亮的地方，就必然會有陰影。有陰影，也才能顯現出光亮的明燦。可

是光亮卻永遠都是光亮，一如陰影永遠都是陰影，那是兩個悖行不遇的世界，不會

讀懂彼此的故事，以及夢。

於是，光明活在光明裡，陰暗躲在陰暗裡，只有進到了無光的黑暗中，陰影才

會找到了自己。

而光明與光明相遇，或黑暗與黑暗相知，都會有一雙眼睛，看透了眼前另一雙眼睛深深隱藏的世界。

眼睛在眼睛裡，擁有自己，同時也失去了自己。

5

語言病了，像所有經歷過童年、少年、青年和壯年的歲月，並慢慢走向了衰老，走進了回憶的耽溺裡，耽溺著過去一切的美好。

而那些失去了彈性的肌肉，不再亮麗如昔，光華照眼，就只剩下皺褶層疊，將所有的故事光影，都摺入了那鬆弛的暗溝之間，或像網狀的魚尾紋，再也捕捉不到生命裡豪情的笑。

夜裡，你聽到遠方的雨聲走來，淅瀝地，輕輕叩響你的記憶。彷彿是上世紀，你撐傘走過長長的小巷，雨跟在後面，不斷逗著你嬉戲。

上世紀的雨聲啊，你突然在暗黑的夜裡沉默，並蜷縮成了一首空白的詩。不填上任何文字，因為夢就在裡面了。

語言病了，世界在我的夢裡輕輕搖晃，有風，無聲吹過……

6

五月菡萏初開，在田田荷葉間，一朵從水上撐起小小粉紅的花蕾，俏立風中。像幽人獨立，照影而笑，孤單而清麗。

此刻，水影日淡，天極高遠，湖邊行人二三，佇足觀賞那瀲瀲水光上的枝荷紅影，在一片片碧綠荷葉中，成了湖上一首婉約的小令。

我似乎可以讀出那小令裡招展的生命，有煥發而甜美的青春，羞澀地面對這多情的人間，等待被瞭解和憐愛。

然而因為趕路，我來不及細看，那重重花瓣裡的另一個世界。

等到回來時路過，那朵花影卻不見了，只留住光禿禿的莖桿，茫然地望著天空。

啊，人面荷花，只一照面，再掉過頭來，就轉換了人間。

7

除了海，還是海。

如果讀懂了蔚藍，就讀懂了海與天的遼闊，讀懂了你和我，綿綿無絕期的思念，有時寧靜如鏡，有時波濤重疊。

如果在海和天之間，再點上一盞燈，就會照亮了島的孤獨。在白晝悠長的歲日，臥成了夢，在遠方，像詩一樣地朗讀自己。

我們不必把腳印留在潔白的沙灘，而留在心裡就好。那裡沒有撲岸的潮浪，一一抹去所有的過往。沙灘，就留給風走過，那裡，讓歲月永遠靜好。

在歲月的沙岸，潮來潮去，就讓它潮來潮去吧，我們只要守住瞭望，就好。

8

雨打在湖上會痛嗎?雲厚聚山頭,霧氣漸重,纏繞著山。林木蒼蒼,很遠,就只能看出一抹雨中秀色。

我因躲雨,站在建築物的樓梯下,聽雨不停地沙沙喊叫,在我身前身後,浮漾著看不到的濕氣。

我不停踱步,想讓時間快點過去,雨快點停止。

但雨不想停啊,風也不止。

只有遠山靜靜含笑。

9

雨淅瀝地下在屋外,潮濕了所有趕路人的腳印,風吹過樹葉,雨聲響亮,如一曲無譜的音樂。

養在池塘,剩下的最後一隻鯉魚,寂寞地優游於自己的天地。在那小小的世界，想像江湖如此遼闊，可以逍遙於東南西北之間，不也是一種幸福的存在？然而無伴無親，孤單的游影之下，是否會留下許多空虛的泡沫？

雨依舊淅瀝地落下，雨絲茫茫的，把屋外的風景，慢慢地溶化……

10

黃昏的湖上，水光粼粼，像時間輕輕地呼喊，有一萬種情緣，都在生生滅滅中彈指幻化，如天上雲彩驟變，眨眼消失。

我獨坐成了菩提，張開一樹枝葉的蔭涼，看霞光在水上泛波而去，看光影遊走，天地在暮色中逐漸攏合。

是一首歌，在胸中輕唱

夕陽外
你走失的身影

不再回來

其實不再回來的是時間，是一切存在的美好。像夕陽，無限好而最後卻要被黑夜吞噬掉。

我獨坐成了菩提，就只為了守望著每一天，這湖上黃昏的絢麗，以及湖中自己的倒影。

11

日亭與明湖，是相依相伴的。亭為湖招風，湖為亭留影，而詩在其間，笑看人來人去，日月迢遞。

五月偶然走過這湖岸，岸上櫻花疏疏落落，亮麗地掛在枝頭，笑春風去遠，卻仍盈盈然招展，在夏日初陽底下，展示出了最燦爛的一小片風景。

一片葉子突然被風吹落，落在湖上，牽起了一絲漣漪，靜靜地，沒有人發現。

而我只是個過客，走過了這片風景後，卻把它，留在半首七律裡了：

葉落湖間水一痕，櫻花五月笑牽魂。
紅亭橋上摘風月，綠苑叢中坐石根。

然後呢？啊，然後，後面的半首詩，就留給時間去續寫和朗誦吧……

12

夕陽回到城的回憶深處，在所有高樓的思想頂上，灑下了曖曖霞光，讓橘紅與暈黃，輕輕薄薄，亮麗了過去一片古典銅色。如果此刻，你丟出一顆石頭，就能聽到童年的呼喚，自遠方的小徑跑來。

江水遼闊，是讓船駛過，像駛過所有的歲月，在黃昏的最豔麗時刻，讓身後的水痕，牽住了一生的溫柔。

我是岸上看風景的人，看到最後，卻也把自己看成了風景，在江與天之間，黃昏與暮色之間，岸和岸之間，把光陰，以及自己的影子，靜靜送走。

13

每到子夜，翳雲陰聚，然後很快地下成一場傾盆大雨。雨聲嘩嘩啦地穿透我的身體。沁涼的雨意，滲入屋裡的每一條隙縫，把屋內的氣溫，壓到了與心情一樣平靜。這時刻，最適合寫詩了。讓詩，與雨聲一起唱和，並在燈下，譜出了一條過往路過的，回憶的小徑：

雨下在菩薩的心裡
閃亮
如銀光穿過夢境
照醒了慈悲

我是那慈悲的一滴淚
悄然滴落
在妳離去後，最黑
最黑的夜裡

詩寫完後，雨聲也逐漸變小，然後幽渺的遠離，並只留下了我貼在時間上的耳朵，靜靜地聆聽，屋外幾聲最後落下的簷滴。

14

夜都黑成暗了，我在暗裡的夜色中，成了暗黑的夜色，靜靜地將自己凝固成了一塊石頭，然後傾聽火花在石頭裡開放，照亮沒有窗口的世界。

沒有人可以進到黑夜裡，只有當他也變成了黑夜的時候，才能讀懂了黑暗，也讀懂了黑暗中石頭內裡，不斷開開落落的火花。

而天亮還很遠，夢更遠。

只有黑暗在夜裡行走，走入另一個黑暗的深淵，然後躺成深淵的樣子，安靜地笑。

15

每個月，都要回到山上，離開六十公里外的城，離開一棟棟高樓大廈和一片喧囂的車塵，再搭上兩公里的纜車，上到海拔兩千公尺的山裡去。

去看一片疊翠重巒的山，或雲與霧，在空闊的寧靜裡，舒展出一份閒適的心情。

尤其是霧，常籠罩山野，茫茫一片。但一轉眼間，風一吹過，又把清朗的山色，還給了往窗外探視的眼睛，並讓漆黑的瞳孔，染上青綠一片。

有時，就倚在欄杆前，看夕陽斜照，霞光散滿了一天一地，焰紅如火後轉入暗淡殘黃，在一層退遠一層的山際，逐漸淡成了一片薄暗的暮色，襯著遠處山下的萬家燈火。

我總是來此，捧讀著這冊山林的書，不知不覺中，常常把自己也讀了進去，成了書裡的風景，美好的秘密。

16

一直以來，覺得古典詩一定要用行書來寫，才能把詩的生命，通過回旋轉合，點捺橫豎的墨意表現出來。詩中每一個字的吞吐，與墨筆下線條的緩急，都是相呼應的，那是人之行走世道的呼聲，是存在的蹤跡。

某次研墨，墨硯中的墨水被勻到濃淡適宜時，筆尖輕蘸，墨沁毫毛，突爾感覺，所有的天地之氣，都聚到了這筆端上來了。

心中飽滿的，是詩的情感，時間的聲音。我頓了頓，然後緩緩下筆，歲月的光影，也隨筆而遊，遊進一行行的詩裡面：

山窗照眼入雲煙，蝶夢黃粱又一年。
坐看浮塵知起落，悄聽流水愛留連。
多情已做多情了，空色還來空色眠。
若問今生花月事，乘除加減盡玄玄。

筆捺下了最後一點，其間，雲聚雲散，風起風落，日月滑行，都隨著墨跡，靜靜滲入宣紙之中，並從詩裡一路遠去……

17

第一次到澄海的樟林古港，隱藏著父親身世的地方，深埋在一條荒荒歲月水域的想像裡。踏入那片現實的土地，有歷史不斷回望，從明清的眼睛裡探視過來，看著一群群赤腳的潮籍鄉民，衣衫襤褸地，攀爬過苦難的時間，搭上了一艘艘紅頭船，向著南洋的方向，以潮聲呼喝：「起帆了……」

東北季候風起，出海的帆影，一片一片，與五百多萬人，一起消失在那遼闊而蔚藍的海域。

我走過了古港的八街六社，全都沒落成破落的宅院，以及殘牆廢瓦。五百多年的歲月，都縮入了石碑上，陰刻成了風雨滄桑的文字。

走過了一排古樸老房，石窗斑駁地敘述了每一道時間走過的故事，以及風聲在每一塊磚與磚之間的罅隙裡回響。百年老樹在岸邊守望，像白髮蒼蒼的祖母，以年輪不斷旋轉的擠壓，擠盡了一生瞭望的淚。

我靜靜走過，背後依稀響起潮聲遙遠的呼喝：「起帆了……」飄渺而零落。

18

為了追逐落日，我從六點二十分的起點出發，一路沿著南向的田野慢跑，時間也緩慢地隨在我的後面，一路陪著計算我的腳步，一步一步跑過樹林和矮矮的木屋，轉入小徑，一步步看著黃昏的夕暉撒落在我底身上，並和光影一起，向著兩旁游移不定。

我看著遠天的霞光逐漸暗去，橘紅和黃菊的雲層翻捲，落入山際。跑著跑著，我聽到自己的呼吸很有節奏地隨著腳步前進，一步一步，把身後的影子，拋向越來越暗淡的暮色裡。

四十分鐘，八公里。夕陽就在前面，湖的邊緣，山和山的稜線，霞光快要沉入山的背後了。暮色漸濃，我看到湖中間凸起的幾塊石頭和小小沙洲，有牛在吃草，暮色已經將牠的身影和石頭淹沒。再前方，湖邊的樹，茂鬱枝葉，伸展，在深遠的天底下，勾勒出了一幅優美的畫面。

我停下腳步，站在畫外，不敢驚動夕陽的隱沒，暮色的擴散，也不敢驚動美麗湖景的微波，泛起心中漣漪一圈圈的驚嘆。並且知道這樣的景色是帶不走，因此佇立風裡，只能靜靜觀看。

及至暮色，把我與湖景一起吞沒，才逐漸後退，後退，退出自己的目光，退出文字之外。

兩鄉書

布袋・一日秋

夢在這裡起飛嗎？

海靜靜地延向了遠方的藍天，海藍與天藍，在海平線上銜接成了一片藍色的圖畫。我們走在十月秋色的風裡，二十度的氣溫把風衣微微蕩成新沐的秋涼，拍打著虛無的陽光，灑成一片金黃的秋景。遠方，雪白皚皚的鹽山在微弱的日光裡閃爍，依稀彷彿，兩百年的歷史正挑著一擔擔的日子往前走了過去，那些白金歲月，讓一代一代的人，在這片連著海岸的土地上，留下了不斷被浪花淘洗而去的腳丫，以及被海風不斷吹乾的鹹鹹汗水。東石、布袋、新塭，那些赤背的人影，口中呵嗨呦呵嗨呦的呼喝，緩慢地，走過道光年間，走過日治時期，一路一路地從濱海走過去，汗水和海水，也在烈陽曝曬的風中，凝結成了鹽霜，在一畝一畝歷史的鹽埕上，映照出了他們粗獷黝黑，卻又在時間裡模糊消散的臉。

我們也走過去，在布袋的港口，可見海港上一艘艘漁船在潮浪中輕輕晃蕩。秋日環繞的海洋，所有昨夜的風浪都息歇於船艙之中。在寧靜的午後，船影在晃動裡述說著海洋與陸地的故事。而妳卻突然驚呼：「紅嘴鷗耶！」我隨著妳手指的方向望去，只見一群群紅嘴鷗正向港口的南方飛去，拍翅的呼聲，悠遠而澎湃，長久地在我心中回蕩不息。這景象，一如我在布袋攝影家王耀民的攝影集《冬季，我在布袋》所看到的一模一樣，長天漠漠，萬鳥齊飛，一幀幀地拍出了生命與歲月的悸動。那些紅嘴鷗都是從照片裡飛出來的嗎？或是從布袋的港口，正要飛向照片裡？然而不管是照片裡，或照片外，布袋，永遠都是候鳥所尋找到的，最溫暖最溫暖的一塊夢土。

而我們只是旅人，在這座島嶼的時光裡，總是像候鳥銜著季節來去，無法像青蚵一般，蚵殼與岩石緊緊結合一起，需要強大的外力，才能將它給撬開。因此，潮汐起落，風雨來去，仍堅持著，生與死，都要在這片土地上，由此才能顯現出生命存在的莊嚴與意義。

像許多年前，讀著蕭麗紅的《千江有水千江月》，讀到阿貞觀歷經了生命與戀情的轉折後，最後還是決定回到故鄉的懷抱，回到了生她養她育她長她的布袋，那一沙一土，一天一地，一日一月，都有著遠遠見其背影就能叫出她小名的故人，因此生命、家、鄉親、故土，連結在一起，就有了存在的力量，有了萬里無雲的澄澈和清明。就像阿貞觀所說的：「我們都是屬於這個圓，不管怎樣終將回到這個圓，我們都在裡面。」那時陪我閱讀的美好青春，總是想像著布袋是如何的好風好水好人間的一個地方；「白水鹽田、鳶飛魚躍」，使得草木有情，歲月靜美起來。

我們沿著港口走去，沿著阿貞觀與大信走過的路，那些被年光剝蝕和侵奪的房子，有些已改建成嶄新的建築物，有些仍在風雨茫茫的時歲中，峙守著那一份傳統的古樸。紅磚老厝，低矮屋簷，尋常巷陌，讓人從書裡的想像隙縫間，一路尋找著一些時光走過的蹤跡。而從環河街繞向太平路，再走向後寮莊，阿貞觀的老厝是不是還在那邊？仍屹立於敘事的想像邊緣？茂鬱的老樹，斑駁的老屋，粗樸的紅瓦，把文學地景與現實人生編織成了一個夢。然而我知道，有些時間再也召喚不回來了，一路地尋去，最後終將找到的，又是什麼呢？

當我們在後寮的一間老厝庭院前，不意發現到一個白髮蒼蒼的老婦人，躺在搖椅上，靜靜瞭望著遠方，從她那茫然的眼神裡，我想，那裡頭必然有一段精彩的故事，關於她，關於布袋。然而我們卻不敢驚擾她，如不敢驚擾時間的經過，而只能悄悄地從她的眼神外離開。

軟枝黃蟬寂寞地開落，在庭院。秋風細細地吹過，把故事裡的人物都吹老了。是的，歲月是禁不得敘述的，故事說到了盡頭，都要風卷雲散。於是，我們折返回頭，沿著來時路，一步一步叩訪著這片土地的歷史。

然而，悠久的歷史能留得住鄉人嗎？妳問。許多年輕人都離鄉而去，上往臺北，下至臺南，布袋，留下的是什麼？我牽著妳的手，卻不知怎麼回答。或許，我們應該去白水湖搭竹筏，漫踩沙洲，觀看蚵棚；或到東石的漁人碼頭，欣賞夕陽，追逐落日。一畦畦廢棄的鹽田，只能在假日招來一些些觀光客，像我們一樣的旅者，然後呢？然後在平常日子留下了荒蕪的空闊。只有海風呼呼地吹，吹走了一些夢，一些些童年熟悉的名字和記憶。

是的，我只是個旅人，帶著詩意，以旅者的眼睛，探視著這座古樸的海口。在漫天夕陽的堤岸，或會觸景生情地寫下：「海天煙嫋夕陽遲，飯熟漁香酒熱時。秋汛魚豐人自樂，扣舷橫笛譜新詞。」可是，卻讀不懂這座小鎮背後歷史的滄桑，鹽田兒女悲歌的故事；讀不懂離鄉者一一遠去足跡的訊息。

海風從我們的身邊掠過，像一百年前，掠過那些開拓鹽田者黝黑粗野卻臉孔模糊的身子。驕陽橫空，烈日當下，生活是一場不能退縮的戰爭。留下的足跡都會在這裡生根，長成木麻黃，抵抗著虎虎掃來的海風。而這些人，這裡成家、這裡立業、這裡子子孫孫與終老。他們腳踏的地和頭頂的天，有無數的夢想在飛翔。

而我終究是讀不懂這些夢想和歷史的，卻只懂隨著觀光團魚貫於人文生態的旅遊課中，乘著漁筏賞鳥，採蚵，或在潮間帶尋找和尚蟹、螺、藤壺和貝類等，然後帶著一囊囊的落日回家。

我看著妳，妳卻遠眺著海面。那裡，秋日橙紅，一寸寸地正往海平線處墜落。

夢想可以在這裡起飛嗎？

觀光漁市場的燈火早已亮起。我們去吃烤青蚵吧！我說。來布袋不吃海鮮簡直是虛此一行。夕陽沉落身後，鹽山被暗夜遮住，我們的腳步往前走去，跫音空洞空洞的，輕輕拍打著寂靜的時間。

鷺鳥飛過，也悄悄點起了長堤上一盞盞燦爛的燈火。

東石・半瓦夢

如果洗出來的照片，是夢裡黑白而令人懷舊的情景，你會不會沉陷在那時光退回到七〇年代的從前？妳問，在東石。於是，我把一千兩百萬畫數的萊卡數字相機，設定在黑白照的定位上，咔嚓一聲，把漁人碼頭的景象凝固在剎那之間，妳和妳的影子，被光影閃爍的夢框住了，不知覺間，竟也成了懷舊裡的一縷遊魂。

而說起來總是不搭嘎，在那些旅遊畫冊上，漁人碼頭常常被拍成一片夏日藍，藍得彷若要溢出了畫面，湛染著我的眼眸。淺水灘、白沙和蚵殼屋，還有，天上一大片一大片的雲朵，讓人感覺到，一幅幅美麗的圖畫，色彩繽紛的，目不暇給。或許，你突然在無意中闖入了這些照片中，看著仿荷蘭風車在潑啦潑啦的海風中運轉，而誤覺以為進入了異鄉的海岸上。然而，這裡確實是東石——妳童年的故鄉。

妳時常說起七〇年代的東石，在臺灣農業時代牛車正輾過廣袤大地，並逐漸消失於暮色中時，加工廠悄然在一些小鎮裡矗立；只有東石，仍在海浪聲中，眺望著一隻隻漁船從漆黑的晨霧中出發，然後承載著一枚疲憊的落日回來。與海搏鬥，與風浪並存，是漁民的宿命。於是小小孩兒的妳，拖著小小辮子，不時會尾隨著阿嬤的背影，到先天宮去祈福、禱告，希望隨著船隻在海上耕犁日月長浪的父親，能夠日日平安歸來。

而魚塭裡的虱目魚、鱸魚、烏魚和黑鯛，以及文蛤，在一頃頃的水域中餵養著村人的生活。白鷺鷥在其中覓食，或單腳獨立的遠姿，像個在生活邊緣沉思的哲者。一晃眼，三十年了，這場景，都一直留在妳童年的夢裡。浮雲和蒼狗，都抹不去那鮮明的意象。

爾後，給歲月綁了馬尾
讓編入漁戶的
雲，縮寫成夢裡搖落的花朵

藏起了夕陽
魚在天空飛翔，翻起的浪
點亮了漁火

東石，我回來了
問候
成了鄉愁多餘的回音

妳的詩，輕輕碰觸了我心裡最柔軟最柔軟的一塊。有一種悸動，在文字裡迴響。而海若藍天，魚的鱗光一閃即逝。我卻從妳的眼睛裡閱讀著東石的歲月，妳走過的，純樸的童話。灶火晨明，鍋鼎蒸騰，都是淚眼中鄉夢的思念。

妳說，小時候聽說的故事，福靈宮的鐵嘴將軍、義愛公的傳奇、大金府退匪的靈幻事蹟，一一成了妳簷瓦下的夢，伴著妳在這塊土地上成長。而夢裡有星星掉落，叮叮噹噹的，如遙遠的呼喚，不論人在多遠，都會叫妳回家，叫妳赤著腳丫，去踏一踏那溫暖的土地，或回去吃一盤蚵仔煎，喝一碗虱目魚湯，胃腸裡緊緊糾結的鄉愁，很快，也就會被一一消化掉了。

我一路走來，數位相機鏡頭下所拍出的一張張黑白照片，不斷復原了妳的記憶。六歲、八歲、十二歲、十五歲，一路地走過去，然後，妳就離開了東石村，到北方煙塵滾滾的大都會求學去了。遠離了海浪後，海岸線上的落日，常常成了妳詩中的主意象。招潮蟹還在妳的夢裡爬進爬出，朴子溪口和外傘頂洲，黑面琵鷺低低地掠過水面，向著妳記憶裡的紅樹林飛去。妳時不時地借著詩魂回去，或用文字，探測故鄉的體溫。

這裡的風、陽光、漁船和海洋，以及處處可見的蚵棚，組構成了一系列旅遊意象。每次妳回來，都覺得自己彷如旅客了。只有每年在先天宮的廟慶時節，妳才感覺到真正又回到童年時的東石，那時妳被父親抱坐肩上，看著煙火炮竹璀璨響亮的在眼耳開落。天上的星子都在一片燈海中垂落，在家鄉的每一片屋瓦上，敲著時間的銅聲，汲著清涼的夜露，讓妳很久很久都記得，此情此景，在這個地方，才足以叫做——故鄉。

而一代代的人在這裡生長、老去。日月遞換，浪田層迭，鼇鼓濕地仍在孳養著來自東南西北各地與各種鳥類；風日日地吹，青蔥草木，沙洲地、海茄冬、各種羽色穿梭於時間深處，拍動空氣，或在樹葉間與堤上棲息。從觀海臺的望遠鏡眺過去，只見鸕鷀成排斂翅於沙堤上；蒼鷺呼風而過，小水鴨浮漾水面，彩鷸一群群佇立於沼澤中。萬物在此，各適其命，各安其位，各自有各自的天地世界。

妳說，每次回鄉，都在屋瓦下做夢，一群候鳥從夢裡飛過，銜走了一些悠悠歲月。而妳可以感覺風中潮濕的鹹味，四處瀰漫，並悄然地把一些老記憶緘封起來，安放在老家的枕頭下，像妳所沉溺的舊照片一樣，靜靜地被壓在一片透明的玻璃下，等著一個地誌學者前來探訪。

那些時光啊，在東石。

妳突然想到了妳的老師顏昆陽，他也是十五歲就離開東石，那麼多年了，他夢裡的東石將會是怎麼樣的情景呢？那黑白照片時代裡破落的漁村，是否曾在他那灑脫飄逸的古典詩詞裡出現過？妳不知道。然而妳筆下的現代詩，總是在遙遠的想像裡，彙聚著海潮澎湃的水氣，隨著印表機的墨水，漫漶於Ａ４的白紙上。那些噴湧而出的文字，像黑潮暖流中的魚汛，在月光下閃爍著洶湧的鱗光：

翻開海的史書，潮汐編纂了
先民渡海的傳說

一些槳犁開了浪
翻讀
三百年來一場夢的干戈
和溫柔

在此，牡蠣吐出月光
照著遠方

餐桌上
一隻隻漁船卻等待著
與夢一起
遠航

詩文隨著時間湧向海口，如朴子溪奔向東石的南方，滔滔注入萬里婆娑的汪洋。我回過頭，看著妳被獵獵海風吹散的黑髮，在陽光紛飛中，像一隻黑面琵鷺，靜靜地佇足於時光長堤的盡頭。

於是我提起相機，按下快門，將妳與東石此刻的光影，框住，停格。

然後，在黑白照中，我卻看到妳對著時間，投出了一抹神秘的微笑……

走過的背影

二〇一一年八月二十八日早上，師丈親自載我到嘉義高鐵站，從民雄豐收村五穀王廟前住了四年多的小樓開始，我看著車子向前，車窗外一路往後翻逝的景物，稻埂、鳳梨田、農舍、東榮國小，十六年來常常經過的一排排店屋，轉出去，穿過平交道，我知道左側是鵝肉亭，再過去就是火車站，再過去……都全過去了，車子不斷往前，把我這十六年走過的每一條大街小巷，全拋向身後，拋成了此後只能永遠收藏在深深歲月裡的記憶。

而穿過了一層層記憶，我會重新捕捉到什麼？那在總統選舉前夕，跟在幾隊人馬後面，於人潮、旗幟、戰車、叫陣、喇叭聲、喧雜呼吶裡，繞著中央噴水圓環湊熱鬧地觀看四年一度選舉大戲的一雙好奇眼睛？深黑而明亮地，如夜色與燈火，滲和在一波波的人群裡，感受著民主沸騰與熱情的散發，並在三月春晚的涼意中，忍不住地也舉起了拳頭喊了聲：「凍蒜」！聲音卻又那麼輕細與微弱，隨風消失在中山路的盡頭。仰頭，總是看到「土地銀行」青綠色的標誌，閃爍毫光，詭異地，高高在上地俯瞰著人群的聚散。

然而更多時候，我常常隨著紛繁的光影走向文化路，叫來一碗郭家粿仔湯和雞肉飯，或從路口左轉到中正路吃一碗熱騰騰的林聰明砂鍋魚頭，以及老張米糕，讓異鄉食物馴養著味蕾，讓它成為一種味道的習慣，然後逐漸成為一種思念，一種多年離開後，總會不禁想起的鄉愁。

彼時，我的無數身影就這樣穿插在時間與時間的隙縫之間，以繾綣的欲望，擁抱著不斷流逝的日子，在嘉義。是的，在嘉義，我宛若一個拾荒者，不斷撿拾著各處街頭美食，景物、人情、故事，以及許多夢想掉落的殘渣，然後把它一一編纂成回憶的書冊，放置在客旅的住處，以鎮壓住歲日去去的支離。

那時我還不太確定自己將是個過客，或是會成為長居於這中南部嘉南平原上萬家燈火的其中一盞燈火。在夜裡租賃的小樓，書燈之下，映照出來的影子，時常隱匿著游移不定的心緒，茫然的未來。惟這片土地，卻給了我相當安穩和悠閒的生活，不論是曾經住過四年四個月的大林，或後來搬了兩次家的民雄，純樸小鎮，在臺語漂浮的空氣中，讓我習慣了一種怡然的淡泊。偶爾一夜不寐，坐在小樓陽臺，看著不遠處景觀花園在夜暗中隱約的草樹，慢慢點染上曙光而逐漸明亮，天空也跟著大亮時，心中的疲憊，霎時也在那一刻而得以紓解。

偶爾，也會看到我的身影，在秋日黃昏裡的大林糖廠內，循著一路兩排大王椰子樹的蔭影，走向老舊火車軌道的遺跡，尋找過去時間留下的一些殘缺而老舊的蹤影。日影蒼蒼，秋風細細，草木雜生之處，鐵軌遺跡蛇入歷史滄桑的一頁，那裡，在我常常散步的地方，已經不存在一片青綠色甘蔗田的景象了。而時間翻過了一頁又一頁，原以為世間會堅固一輩子的記憶，也都在人為不斷的摧毀中煙消雲散，更何況這創設於一百年前的糖廠？有時散步的行程，也會擴大到了附近的親水公園，沿著環湖步道，一步一步細算時光的去遠，彷彿這一路走來，就是為了走過去，走過去，然後把身後的景色，流放給離開後的回憶去記起。

◎

師丈在車內問起，留在臺灣多久了？剛好二十年，我完全不用思索地回應。臺南四年，嘉義十六年。車子一路平順地往前，經江厝店，前面就是牛稠山了，路邊田野和農舍，往後呼嘯而過，陽光卻明麗地一蓬蓬灑進車內，白茫茫的，讓我有點睜不開眼睛。

似乎是一眨眼間的事啊，再睜眼時我就老了二十歲。

然而日子卻像過日子一般，以不徐不疾，不煩不躁的生活步調，讓我一直錯覺，我跟小鎮裡的人沒有太大差別。早上起來，到火車站前的小攤口吃一顆肉粽和一碗豬血湯，日常的早餐，常常加上隔座老人們的閒話家常，緩緩帶出一天生活的序曲。有時經過沒有太多車輛往來的中山路，看著幾個老人抱著孫子在門口戲耍，晨光照落，一幅國泰民安的景象，幸福得讓時間忘了向前走去，而佇立，而凝固為一個美好的畫面。或有時到菜市場挑買鮮瓜蔬果，身影穿插在攤子前後，微微感受那潮濕空氣中熟悉販主的呼賣，以及像老友一般問起近況如何如何，臨走前加了一、兩根蔥在塑膠袋裡，溫暖體貼地把心都讓你給帶上了。因此，我喜歡這南方小鎮的生活節奏，緩慢地，悠閒地，有情地，可以讓人和人，人與土地靜靜地相看兩不厭，並且恬定而自然地，知道自己的根在哪裡。

後來搬回民雄，偶爾會想起大林，遂騎個十分鐘機車，回到那往昔的生活日子裡，去搜尋過去的自己。一條一條街道走過的風聲，都是自己熟悉的影子，然而走久了，最後終究全都要因疲倦而息歇下來，並慢慢在轉換的生活空間裡，將過去逐漸地淡忘。此後在民雄那些日子，常交給上課與下課，生活路線，也總是從豐收村到中正大學，不然就是從豐收村到民雄市區，一線三點，單調空泛地占據了生活的全部。夜裡，想要吃宵夜，就只能往民雄肉包店的方向走，凌晨兩、三點，常常可在店裡看到幾個學生，一杯豆漿一個肉包地聚在那裡閒聊，青春作伴，笑語燎燎，晃晃於一室明亮的燈火，讓人近中年的我，更顯得如孤魂野鬼一般，無依無伴，因此外帶了宵夜後只能倏忽來去。

某日，有臺北朋友到訪，看了小樓住家附近一畝畝空闊的稻田和鳳梨田，驚訝於我能住此多年而如如不動，被荒涼感包圍住的孤寂身心，會不會再難以適應往後都市繁華的生活？其實我還相當自適於鄉下的日子，空闊的空間感，以及不用與時間競逐的步調，讓人舒服與自在。六月，樓下龍眼樹開花時，香氣飄入窗口，甘甜甘甜的味道，等到香氣消失後，往樓下一看，卻見果實已經纍纍地將一樹的枝葉壓向了地面，樹影蒼蒼一片。而五月雨、六月風、七月仲夏、八月鳴蜩，住久了，一切都習慣了，日日就像過家常一般，無波無瀾，不驚不慌地一個人也能淡定自樂。

有時到民雄市區，那幾條道路，機車繞來繞去，很快就繞完。因此，百無聊賴時刻，也常會驅車到車程二十分鐘之外的嘉義市去，或看電影，或逛夜市，或到書局買書，夜裡機車在路上飛馳，一路燈光明暗，影影綽綽地不斷把淒黑的風拋到身後，頭橋、工業區、牛稠溪、文化局，向前，從忠孝路轉進了民權路，到嘉義公園對面的敦煌書局，不然則是到中山路的讀書人去當個閱讀者。書店裡常常不多人，書寂寞地排著，彷彿預知蕭條的命運，將繼續蕭條下去，及至店門關閉的一天。每次離開那些書店時，在燈光映照的玻璃鏡面上，我常看到自己的影子，竟孤獨如一縷遊魂，匆匆地從鏡面刷過，然後悄悄走遠。

◎

車子駛入太保市時，高鐵站就在前面。九點三十五分，師丈說，要常常回來喔，我笑了笑，點頭。前面無風無雨，只有晴空萬里。

而我，終究終究，只是個過客而已。

此刻，嘉義三十二度的氣溫，正好適合遠離。

那些在車窗外不斷往後消失的身影，繼續不斷消失，最後全都幻化成了白燦燦的陽光，靜靜鋪照在這片大地之上，溫暖、透明、稀薄，和遊移不定。我突然想起了策蘭的詩句：「萬物在場，空無標記」，是的，凡是走來的，都是為了走過去，因此在場與不在場，也就不那麼重要了。而白晝黑夜依舊在此遞換，夢想依舊在此開落，生活的步伐依舊向前，向前，依舊會遇到生與死，以及遇到一片空無。

高鐵站到了。下車，我揮了揮手，說了聲再見，向師丈，也向十六年前的自己。

十六年前的自己，第一次從臺南搭火車到嘉義市，出到了站前，面對著林森西路上的一排排商店，面對著有點歷史的老房子，覺得四周忽然生起了陌生與荒涼的感覺。而右側不遠處的公車站，幾個小黃司機卻跑來跑去兜攬著生意，或緊隨在人後問：「愛去兜位？中正大學喔，一車三百就好」，或「北港啊，四百就好啦」，我看到自己搖了搖頭，逕向公車處走去，影子也緊隨在後，緊張而好奇地，輕輕觸摸了這城市最初的體溫，純樸、熱情，以及充滿著對未來無限的想像。

輕輕，我走過，向前。

向前抬頭，嘉義的天空萬里無雲，蔚藍蔚藍的，空闊而美麗。

附錄一、各篇作品刊載於各報副刊與文學雜誌紀錄

第一輯・巷弄時光		
1	碎片：巷弄時光	《自由時報》副刊，二〇一九年十一月三—四日
2	光陰走過的聲音	八六期《鹽分地帶文學》，二〇二〇年五月
3	神農街・歷史的回眸	《中國時報》人間副刊，二〇一九年十月二日
4	水流觀音	《中華日報》副刊，二〇一九年十月九日
5	三二一藝術村・時間記憶	《中華日報》副刊，二〇二〇年二月二日
第二輯・古蹟行止		
6	尋找大西門	《更生日報》副刊，二〇一九年十一月廿五—廿六日
7	思遊・五妃廟	《更生日報》副刊，二〇一九年十二月六—七日

編號	篇名	出處
8	安平，一些走遠的風聲	（馬）《星洲日報》文藝春秋副刊，二〇二〇年五月一七－一九日
9	燈火熄後又亮起：西市場	《更生日報》副刊，二〇二〇年十月一七－一八日
10	七月，一路風雨的臺南	《中華日報》副刊，二〇一九年八月一九日
第三輯・味蕾鄉愁		
11	肉燥意麵	《中華日報》副刊，二〇二〇年十月廿一日
12	赤崁棺材板	《中華日報》副刊，二〇二〇年十二月七日
13	蔡三毛肉燥飯	四三四期《香港文學》月刊，二〇二一年二月
14	劉家肉粽	四三四期《香港文學》月刊，二〇二一年二月
15	邱家小卷米粉	四三四期《香港文學》月刊，二〇二一年二月
16	鹹粥	將刊於《中華日報》副刊
17	豬心冬粉	將刊於《中華日報》副刊
18	度小月	《人間福報》副刊，二〇二〇年九月十一日

18	虱目魚丸粥	《聯合報》副刊，二〇二一年一月十三日
20	鱔魚意麵	《聯合報》副刊，二〇二一年一月十三日
21	牛肉湯	《中國時報》人間副刊，二〇二一年三月卅一日
22	鍋燒意麵	二〇一九年第九屆臺南文學獎「呷臺南」獲獎作
23	虱目魚羹	《中國時報》人間副刊，二〇二一年七月廿七日
24	蝦卷	四三四期《香港文學》月刊，二〇二一年二月
第四輯・一路走過的背影		
25	半日夏	《人間福報》副刊，二〇二〇年十一月六日
26	公園裡的暮景	四四二期《香港文學》月刊，二〇二一年十二月
27	雜錦	(馬)《星洲日報》文藝春秋副刊，二〇一八年九月廿四—廿七日
28	兩鄉書	《中國時報》人間副刊，二〇一三年六月一三日
29	走過的背影	《聯合報》副刊，二〇一八年二月二日

附錄二、辛金順出版作品列表

出版著作		
書名	出版社	出版年度
《島・行走之詩》（詩集）	臺北：聯合文學	二〇二一
《國語》（詩集）	臺北：聯合文學	二〇二一
《拼貼馬來西亞》（詩集）	吉隆坡：有人	二〇一九
《詞語》（詩集）	吉隆坡：有人	二〇一八
《家國之幻》（散文集）	吉隆坡：有人	二〇一七
《詩／畫：對話》（詩集）	臺北：秀威	二〇一六

附錄二、辛金順出版作品列表

作品	出版	年份
《中國現代小說的國族書寫——以身體隱喻為觀察核心》（學術論文）	臺北：秀威	二〇一五
《時光》（詩集）	吉隆坡：有人	二〇一五
《私秘書》（散文集）	吉隆坡：漫延	二〇一五
《吟松詩草》（古典詩詞集）	吉隆坡：一本	二〇一四
《知識份子與存在邊緣：錢鍾書小說主題思想研究》（學術論文）	臺北：秀威	二〇一四
《在遠方》（詩集）	吉隆玻：有人	二〇一三
《注音》（詩集）	臺北：秀威	二〇一三
《秘響交音——華語語系文學論文集》（學術論文）	臺北：秀威	二〇一二
《說話》（詩集）	吉隆玻：有人	二〇一一
《記憶書冊》（詩集）	大馬：馬華文學館	二〇一〇
《詩圖誌》（詩集）	大馬：馬華文學館	二〇〇九

《月光照不回的路》（散文集）	臺北：九歌	二〇〇八
《最後的家園》（詩集）	臺北：文史哲	一九九六
《一笑人間萬事》（散文集）	吉隆坡：雨林	一九九二
《風起的時候》（詩集）	吉隆坡：雨林	一九九二
《江山有待》（散文集）	吉隆坡：潮青社	一九八九

臺南作家作品集 70（第十一輯）
02　光陰走過的南方

作者　辛金順
總監　葉澤山
督導　陳修程、林韋旭
編輯委員　呂興昌、李若鶯、張良澤、陳昌明、廖淑芳
行政編輯　何宜芳、陳慧文、申國艷

總編輯　林廷璋
主編　張立雯
封面設計　陳文德

出版　臺南市政府文化局
地址　永華市政中心：70801臺南市安平區永華路2段6號13樓
民治市政中心：73049臺南市新營區中正路23號
電話　06-6324453
網址　https://culture.tainan.gov.tw

卯月霽商行
地址　10444 臺北市中山區中山北路一段 56 巷 2 之 1 號 2 樓
電話　02-25221795
網址　https://www.facebook.com/enkabunko
讀者服務信箱　enkabunko@gmail.com

印刷　合和印刷有限公司

法律顧問　華洋法律事務所 蘇文生律師

定價　新臺幣300元
初版一刷　2021 年 12 月

GPN：1011001978｜臺南文學叢書 L144｜局總號 2021-646

國家圖書館出版品項目編目（CIP）資料

光陰走過的南方／辛金順著. -- 初版. -- 臺北市：卯月霽商行；臺南市：臺南市政府文化局, 2021.12
面；　公分. --（臺南作家作品集. 第十一輯；70）
ISBN 978-626-95414-1-6（平裝）
855　110019524

臺南作家作品集全書目

• 第一輯

1	我們	・黃吉川 著	100.12	180元
2	莫有無一心情三印一	・白　聆 著	100.12	180元
3	英雄淚一周定邦布袋戲劇本集	・周定邦 著	100.12	240元
4	春日地圖	・陳金順 著	100.12	180元
5	葉笛及其現代詩研究	・郭倍甄 著	100.12	250元
6	府城詩篇	・林宗源 著	100.12	180元
7	走揣臺灣的記持	・藍淑貞 著	100.12	180元

• 第二輯

8	趙雲文選	・趙雲 著 ・陳昌明 主編	102.03	250元
9	人猿之死一林佛兒短篇小說選	・林佛兒 著	102.03	300元
10	詩歌聲裡	・胡民祥 著	102.03	250元
11	白髮記	・陳正雄 著	102.03	200元
12	南鵲是我，我是南鵲	・謝孟宗 著	102.03	200元
13	周嘯虹短篇小說選	・周嘯虹 著	102.03	200元
14	紫夢春迴雪蝶醉	・柯勃臣 著	102.03	220元
15	鹽分地帶文藝營研究	・康詠琪 著	102.03	300元

• 第三輯

16	許地山作品選	・許地山著・陳萬益 編著	103.02	250元
17	漁父編年詩文集	・王三慶 著	103.02	250元
18	烏腳病庄	・楊青矗 著	103.02	250元
19	渡鳥一黃文博臺語詩集1	・黃文博 著	103.02	300元
20	噍吧哖兒女	・楊寶山 著	103.02	250元
21	如果・曾經	・林娟娟 著	103.02	200元
22	對邊緣到多元中心：臺語文學ê主體建構	・方耀乾 著	103.02	300元
23	遠方的回聲	・李昭鈴 著	103.02	200元

• 第四輯

24	臺南作家評論選集	・廖淑芳 主編	104.03	280元
25	何瑞雄詩選	・何瑞雄 著	104.03	250元

26	足跡	・李鑫益 著	104.03	220元
27	爺爺與孫子	・丘榮襄 著	104.03	220元
28	笑指白雲去來	・陳丁林 著	104.03	220元
29	網內夢外―臺語詩集	・藍淑貞 著	104.03	200元

• 第五輯

30	自己做陀螺―薛林詩選	・薛林 著・龔華 主編	105.04	300元
31	舊府城・新傳講―歷史都心文化園區傳講人之訪談札記	・蔡蕙如 著	105.04	250元
32	戰後臺灣詩史「反抗敘事」的建構	・陳瀅州著	105.04	350元
33	對戲，入戲	・陳崇民著	105.04	250元

• 第六輯

34	漂泊的民族―王育德選集	・王育德原 著 ・呂美親 編譯	106.02	380元
35	洪鐵濤文集	・洪鐵濤原 著 ・陳曉怡 編	106.02	300元
36	袖海集	・吳榮富 著	106.02	320元
37	黑盒本事	・林信宏 著	106.02	250元
38	愛河夜遊想當年	・許正勳 著	106.02	250元
39	臺灣母語文學：少數文學史書寫理論	・方耀乾 著	106.02	300元

• 第七輯

40	府城今昔	・龔顯宗 著	106.12	300元
41	臺灣鄉土傳奇 二集	・黃勁連 編著	106.12	300元
42	眠夢南瀛	・陳正雄 著	106.12	250元
43	記憶的盒子	・周梅春 著	106.12	250元
44	阿立祖回家	・楊寶山 著	106.12	250元
45	顏色	・邱致清 著	106.12	250元
46	築劇	・陸昕慈 著	106.12	300元
47	夜空恬靜―流星 臺語文學評論	・陳金順 著	106.12	300元

• 第八輯

48	太陽旗下的小子	・林清文 著	108.11	380元
49	落花時節―葉笛詩文集	・葉笛 著 ・葉蓁蓁 葉瓊霞編	108.11	360元
50	許達然散文集	・許達然著莊永清編	108.11	420元

51	陳玉珠的童話花園	・陳玉珠 著	108.11	300元
52	和風 人隨行	・陳志良 著	108.11	320元
53	臺南映像	・謝振宗 著	108.11	360元
54	【籤詩現代版】天光雲影	・林柏維 著	108.11	300元

• 第九輯

55	黃靈芝小說選(上冊)	・黃靈芝 原著 ・阮文雅 編譯	109.11	300元
56	黃靈芝小說選(下冊)	・黃靈芝 原著 ・阮文雅 編譯	109.11	300元
57	自畫像	・劉耿一 著 ・曾雅雲 編	109.11	280元
58	素涅集	・吳東晟 著	109.11	350元
59	追尋府城	・蕭文 著	109.11	250元
60	臺江大海翁	・黃徙 著	109.11	280元
61	南國囡仔	・林益彰 著	109.11	260元
62	火種	・吳嘉芬 著	109.11	220元
63	臺灣地方文學獎考察— 以南瀛文學獎為主要觀察對象	・葉姿吟 著	109.11	220元

• 第十輯

64	素朴の心	・張良澤 著	110.05	320 元
65	電波聲外文思漾 ——黃鑑村（青釗）文學作品暨研究集	・顧振輝 著	110.05	450 元
66	記持開始食餌	・柯柏榮 著	110.05	380 元
67	月落胭脂巷	・小城綾子（連鈺慧）著	110.05	380 元
68	亂世英雄傾國淚	・陳崇民 著	110.05	450 元

• 第十一輯

69	儷朋／聆月詩集	・陳進雄、吳素娥 著	110.12	200 元
70	光陰走過的南方	・辛金順 著	110.12	300 元
71	流離人生	・楊寶山 著	110.12	350 元
72	好話一牛車—臺灣勸世四句聯	・林仙化 著	110.12	300 元
73	台南囝仔	・陳榕笙 著	110.12	250 元